光文社文庫

文庫書下ろし／長編時代小説

謹慎

隠密船頭（三）

稲葉　稔

光　文　社

この作品は光文社文庫のために書下ろされました。

『謹慎』目次

小石川
白山
伝通院
神明宮
中山道
駒込
小石川御門
水戸徳川家
春日町
水道橋
千駄木
駒込追分
加賀前田家
本郷
道灌山
日暮里
霊雲寺
湯島天神
神田大明神
池之端仲町
不忍池
弁天
明神下
根岸
谷中
東叡山寛永寺
下谷広小路
外神田
下谷金杉町
御徒町
向柳原
三味線堀
広徳寺
幡随院
下谷竜泉寺町
甚内橋
元鳥越町
猿屋町
鳥越川
阿部川町
新吉原
千住大橋
日本堤
御蔵前片町代地
新堀川
東本願寺
浅草寺
小塚原
首尾の松
御米蔵
御蔵前通り
御蔵前
田原町
西仲町
材木町
浅草広小路
並木町
奥山
浅草
山谷町
御厩河岸之渡し
駒形町
雷門
新鳥越町
新鳥越橋
花川戸町
日光道中
山谷堀
浅草橋場町
揚場
浅草
駒形堂
竹町之渡し
吾妻橋
今戸橋
今戸町
白鬚之渡し
中之郷竹町
瓦町
中之郷
源森川
竹屋之渡し
三囲稲荷
向島墨堤
木母寺
隅田村
長命寺
小梅村
北割下水
須崎村
寺島村
法恩寺橋
業平橋
小梅村
天神橋
押上村
亀戸天神

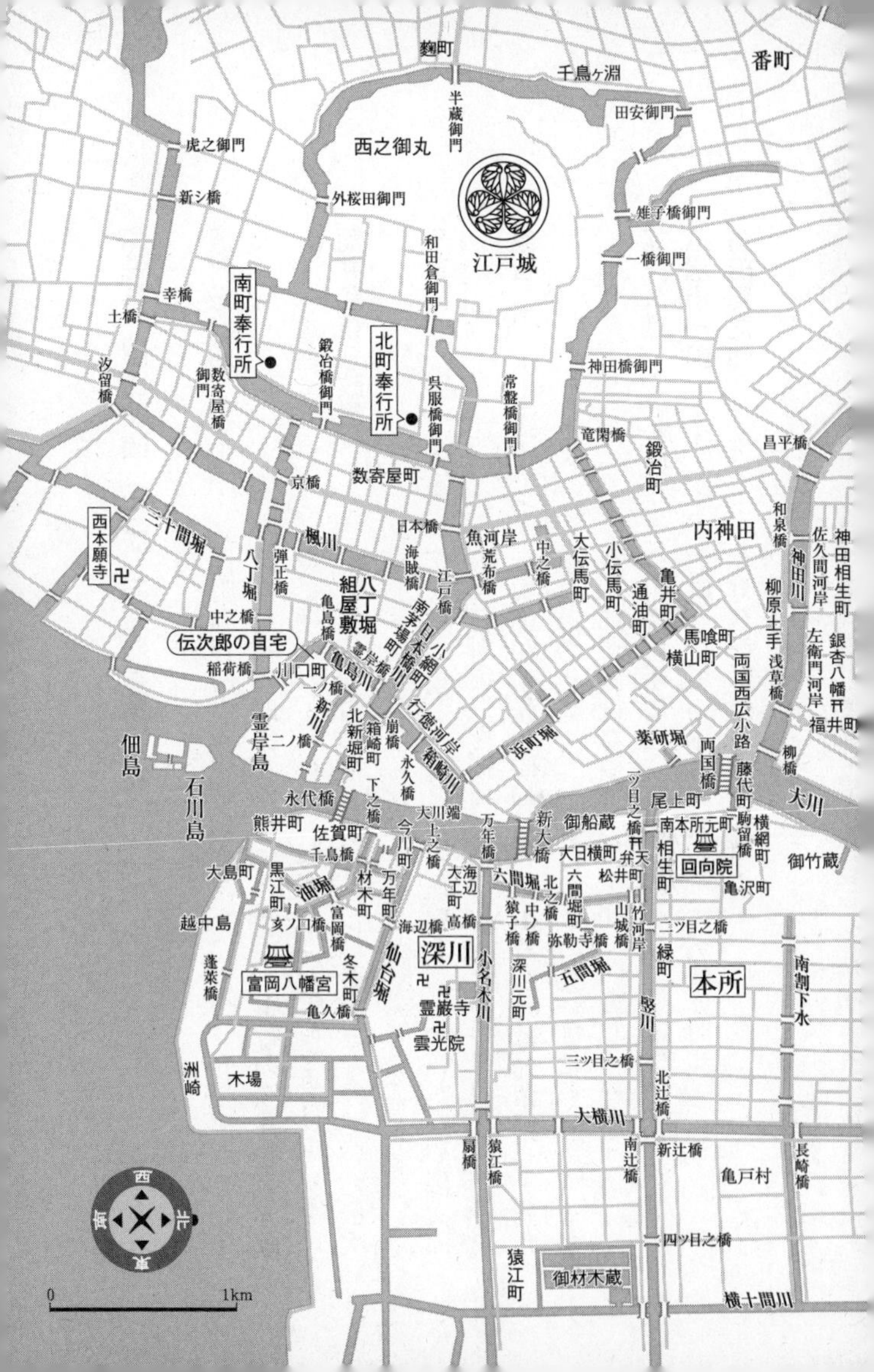
麹町
番町
千鳥ヶ淵
半蔵御門
田安御門
虎之御門
西之御丸
新シ橋
外桜田御門
雉子橋御門
和田倉御門
江戸城
一橋御門
南町奉行所
幸橋
土橋
北町奉行所
鍛冶橋御門
汐留橋
数寄屋橋御門
呉服橋御門
常盤橋御門
神田橋御門
竜閑橋
鍛冶町
昌平橋
京橋
数寄屋町
日本橋
西本願寺
三十間堀
楓川
魚河岸
中之橋
大伝馬町
小伝馬町
内神田
和泉橋
佐久間河岸
神田相生町
八丁堀
弾正橋
海賊橋
荒布橋
江戸橋
八丁堀組屋敷
亀島橋
通油町
亀井町
神田川
柳原土手
中之橋
南茅場町
日本橋川
小網町
伝次郎の自宅
馬喰町
横山町
左衛門河岸
銀杏八幡
霊岸橋
稲荷橋
川口町
亀島川
行徳河岸
浅草橋
両国西広小路
福井町
一ノ橋
新川
北新堀町
箱崎町
崩橋
箱崎川
浜町堀
薬研堀
佃島
霊岸島
二ノ橋
永久橋
両国橋
藤代町
柳橋
石川島
永代橋
下之橋
大川端
万年橋
新大橋
御船蔵
一ツ目之橋
尾上町
駒留橋
大川
熊井町
佐賀町
今川町
上之橋
南本所元町
横網町
御竹蔵
大日横町
弁天町
千鳥橋
回向院
相生町
大島町
黒江町
油堀
材木町
万年町
海辺大工町
六間堀
北之橋
六間堀町
松井町
亀沢町
越中島
亥ノ口橋
富岡橋
海辺橋
高橋
猿子橋
中ノ橋
弥勒寺橋
山城橋
竹河岸
二ツ目之橋
冬木町
仙台堀
深川
小名木川
深川元町
五間堀
緑町
本所
南割下水
蓬莱橋
富岡八幡宮
霊巌寺
亀久橋
竪川
雲光院
洲崎
木場
三ツ目之橋
北辻橋
大横川
扇橋
猿江橋
南辻橋
新辻橋
亀戸村
長崎橋
西
北
東
南
四ツ目之橋
猿江町
御材木蔵
0
1km
横十間川

『謹慎　隠密船頭（三）』おもな登場人物

沢村伝次郎…………南町奉行所の元定町廻り同心。一時、同心をやめ、生計のために船頭となっていたが、奉行の筒井和泉守政憲に呼ばれ、奉行の「隠密」として命を受けている。

筒井和泉守政憲……南町奉行。名奉行と呼ばれる。船頭となっていた伝次郎に声をかけ、「隠密」として探索などを命じている。

千草…………………伝次郎の妻。一時は小料理屋を営んでいたが、伝次郎の奉行所復帰を機に、新造として川口町の屋敷へ移る。

粂吉…………………伝次郎が手先に使っている小者。元は先輩同心・酒井彦九郎の小者で、いまは息子の寛一郎についているが、寛一郎が内役なので、伝次郎に助をしている。

松田久蔵…………南町奉行所の元定町廻り同心で、いまは組の年寄役。

広瀬小一郎…………北町奉行所の本所方同心。伝次郎と旧知。

島田元之助…………北町奉行所の定町廻り同心。

謹慎　隠密船頭（三）

第一章　厄難

一

よく晴れた日だった。

江戸の町からは富士山がくっきり見える。それだけ空気が澄んでいるからだ。しかし、風はまだ冷たい。

二月初めのことである。現代なら三月中旬にあたろうか。

沢村伝次郎《さわむらでんじろう》は小者《こもの》の粂吉《くめきち》を連れて、市中の見廻りに出ていた。これといった事件を扱っているわけではないが、外役《そとやく》の町奉行所与力《よりき》・同心《どうしん》にとっては、欠かすことのできない日常業務である。

そうはいっても、伝次郎は正式な町奉行所の役人ではなかった。元は同心であるが、一度致仕《ちし》して浪人になっていた。再び登用されたのは、南町奉行・筒井和泉守《つついいずみのかみ》政憲《まさのり》の引き立てによるものだった。

その扱いは内与力並《な》みである。内与力とは、奉行所専属の与力ではなく、奉行の家臣から選任される。奉行が異動になれば、内与力もいっしょに異動する。いわば奉行腹心《ふくしん》の部下である。

そして、伝次郎への指令も奉行から直々《じきじき》か、配下の長船甲右衛門《おさふねこうえもん》から下されることが多い。長船も内与力で、奉行の用人《ようにん》を務めていた。

「少し休むか」

伝次郎は粂吉に声をかけた。

「へえ、そうしましょうか」

そのまま近くの茶屋の床几《しょうぎ》に腰掛けた。両国西広小路《りょうごくにしひろこうじ》に近い横山町《よこやまちょう》三丁目にある茶屋だった。

目の前の通りは、広小路が近いとあって人が多い。行商人、商家の奉公人、職人、そして武士や町娘といろいろだ。通りの反対側にある商家の暖簾《のれん》が爽やかな風に揺れている。

「見廻りは久しぶりなのではありませんか……」

茶に口をつけたあとで粂吉が言った。

「そうだな。だが、たまに町の様子を見ておくのは大事なことだ」

「ごもっともで……」

内与力並みの扱いを受けている伝次郎は、専属の与力と違い、髷《まげ》は町方のような小銀杏《こいちょう》ではなく普通である。そして、着流しに無紋の羽織《はおり》をつけている。傍《はた》から見れば、浪人か非番の武士といったところだ。

唯一与力らしさを見つけるとすれば、緋房《ひぶさ》つきの十手《じって》を大小といっしょに差しているところだろう。

粂吉は紺看板《こんかんばん》に梵天《ぼんてん》帯、股引《ももひき》という形《なり》だ。紺看板とは紺染めの短い小袖《こそで》のことである。そして、十手を背に差している。

「こうしてのんびり町を眺めていると、江戸は平穏《へいおん》ですね」

「さようだな」

「諸国では一揆《いっき》や打ちこわしがあって大変だと聞きますが、江戸にいる者にとっては信じがたいことです」

「江戸では目に見えぬ飢饉《ききん》だが、その余波はあるはずだ」

天保《てんぽう》の飢饉は昨年（天保八年）がもっとも甚《はなは》だしかった。とくに奥羽《おうう》がひどく、弘前《ひろさき》藩領では四万五千人の餓死者を出していた。

「お上《かみ》（将軍）も代わったことだし、ちったァよくなってもらいたいもんです」

「そうであるな」

伝次郎は相づちを打ちながら、目の前を行き交う人々に油断のない目を光らせている。

条吉が言うように、家慶《いえよし》が家斉《いえなり》のあとを継いで十二代将軍になったのは昨年九月のことだった。しかし、将軍が代替わりしたからといって、世の中がすぐに変わるとはかぎらない。

一見穏やかに見える江戸ではあるが、犯罪は絶えず発生しており、行き倒れが日に百人近くいるし、捨て子も多かった。

昨年十月に町奉行所は行き倒れと捨て子を調査したことがある。なんとそのひと月だけで、行き倒れ百五十八人、捨て子は五十三人いたことがわかった。調査漏れもあるだろうから、おそらく実際の数はそれより多いはずだった。

「さて、もうひと廻りするか」

伝次郎は湯呑みを置いて立ちあがった。

両国を抜け浅草《あさくさ》まで歩く。同心時代の見廻りは、各町内にある自身番に声をかけての巡回であったが、いまはただ町の様子を観察しながら不審者がいないかを見ているだけである。それも、ここしばらく奉行の筒井からの指図がないからであった。

伝次郎は与力並みの扱いではあるが、それは非公式なものなので、とくに用事がないかぎり奉行所に出仕《しゅっし》する必要はない。それでも、それ相応の収入を得ている手前、怠惰に過ごすわけにはいかないのだった。

浅草まで歩いた伝次郎は、奥山《おくやま》をひとめぐりし、それから吾妻《あずま》橋をわたり本所《ほんじょ》に入った。日はまだ高いので、帰るには少し早すぎる。大川《おおかわ》沿いの道を辿《たど》り、ときどき上り下りする舟を眺める。

猪牙舟《ちょきぶね》もあるが、昼間のこの時分には荷を積んだひらた舟や材木船が目立った。空荷《からに》の舟もあれば、上流から下ってくる高瀬《たかせ》舟もある。

川面は昼の日射しに照り輝き、澪《みお》のあるところやそうでないところで色を変えている。澪のある箇所は水の色は濃く、そうでない場所は薄い藍色だ。水深によって川の色は違う。

そんなことは以前は気にしなかったが、一時船頭を稼業にしていた伝次郎は川の状態を敏感に見極める。色だけではない。水量もすぐにわかる。大川は河口に近いので、海の影響を受ける。満潮のとき、水量は増え、そうでないときは水位が下がる。

川仕事をしている者たちは、そういったことをひと目で判断する。

伝次郎と粂吉は途中で何度か休みを取りながら、のんびりと見廻りをしていった。これといった騒ぎに出くわすこともなく、不審な行動をする者も見あたらなかった。

南本所横網町《よこあみちょう》の茶屋に腰を下ろしたのは、日が大きく西にまわりこんだ頃だった。大川は傾いた日の光を受けている。茶屋のすぐそばの岸辺には百本杭《ひゃっぽんぐい》がのぞいており、その杭のあたりに都鳥《みやこどり》が群がっていた。杭の上で羽繕《はづくろ》いしているのもいる。赤い嘴《くちばし》と脚が特徴的で、頭が黒くなりかけている。それは越冬が間もなく終わりだからだ。あとひと月もすれば、都鳥の姿は見られなくなるだろう。

「粂吉、そろそろ日が暮れるな」

伝次郎は西の空を見てつぶやくように言った。

「へえ」

「おれはちょいと寄り道をしていく。先に帰っていいぞ」

「どこへ寄られるので？」

「小平次《こへいじ》の顔を見ていこうと思うのだ」

「小平次……」

粂吉がきょとんとした顔で首をかしげる。

「おれの舟を造ってくれた舟大工《ふなだいく》だ。どうしているかと思ってな」

「さようでございますか」

「今日はご苦労であった。気をつけて帰れ」

「旦那も……」

茶屋を離れると、伝次郎は両国東広小路の雑踏で粂吉と別れた。

「これは沢村さん」

声をかけられたのは、粂吉と別れてすぐのことだった。

二

伝次郎が立ち止まって振り返ると、そこに北町奉行所の本所方同心・広瀬《ひろせ》小一《こいち》郎《ろう》が小者の八州吉《やすきち》といっしょに立っていた。

「奇遇《きぐう》だな」

伝次郎が懐《なつ》かしげに言うと、

「ご無沙汰《ぶさた》をしております。沢村さんの噂は耳にしています。御番所《ごばんしょ》に戻られたそうですね」

小一郎は口の端に笑みを浮かべて近づいてくる。

「戻ったと言ってよいかどうかわからぬが、世話になっている」

「沢村さんの才と腕を見込まれてのことでしょう。よかったではありませんか」

小一郎は敬語を使う。以前はそうではなかった。伝次郎と呼び捨て、ぞんざいな口を利《き》いていたが、内与力並みの扱いを受けていると知って態度を変えたのだろう。

「迷惑をかけぬように気を張らねばならぬから、よかったのかどうか……」

伝次郎が謙遜《けんそん》すると、

「久しぶりです。少し話をしませんか」

と、小一郎は酒を飲む仕草をして誘う。

「よかろう」

伝次郎は気軽に応じた。小平次に会うのは後まわしでもよい。それに小一郎と話をするのも悪くないと思った。

「八州吉、おまえはもうよい。今日はここまでだ」

「へえ、ではまた明日。それじゃお先に失礼いたしやす」

八州吉が去ると、そのまま小一郎は伝次郎と並んで歩いた。

伝次郎は誘われるまま、本所尾上町《おのえちょう》にある小さな居酒屋に入って小一郎と盃を交わし合った。他愛《たわい》もない世間話をしたあとで、伝次郎は小一郎の近況を訊《たず》ねた。

「相《あい》も変わらずといったところです。そうはいっても、小さな揉め事やどうにもしようのない訴えはあとを絶ちませんが……」

小一郎は蕗《ふき》の煮付けを箸でつまんで答える。眉の濃い色白な男で、すっきりした体型をしている。普段はべらんめえ口調だが、伝次郎の前ではちゃんとした言葉を使うようになった。

「どの掛《かかり》も同じだな。とくに外役は暇なしだ」

「まったくです。大きな事が起こらなきゃいいんですが、油断できない時世《じせい》ですからね」

酒のせいもあるだろうが、話しているうちに小一郎はだんだん砕けた口調になってきた。

小一郎のことを単に「本所方」と言うが、正式には本所見廻り同心である。与力がひとり、その下に二人の同心がいた。

日々、本所深川《ふかがわ》で起こる諸般《しょはん》の事に携《たずさ》わっているが、人員が少ないので八丁堀《はっちょうぼり》の組屋敷に帰ることはまれで、小一郎も三日に一度自宅屋敷に戻る程度だ。

話が尽きず、はたと気づけば、表はすっかり暮れていた。

「さて、そろそろ引きあげようか」

伝次郎が盃を伏せると、小一郎もそうですねと言って勘定を頼んだ。

「ときどき本所にも遊びに来てください。それに沢村さんと、またいっしょに仕事もしたいと思います」

「いやいや、それはないほうがいい。厄介《やっかい》ごとは少ないにかぎるからな」

「あ、それはそうですね」

小一郎は自嘲《じちょう》の笑みを浮かべた。

店の表に出ると、右と左に別れたが、夕暮れの道には人が多かった。それも近くに広小路があるせいだ。

ほろ酔いになった伝次郎は、小平次に会うのをやめて、まっすぐ帰ることにした。遅くなれば千草《ちぐさ》が心配をするだろうし、居候《いそうろう》の与茂七《よもしち》もいる。家を出るとき、今日は遅くならないと言ってあるので、夕餉《ゆうげ》の支度をして待っているかもしれない。


「店を出たぞ。わかっているな」

金三郎《きんざぶろう》は富蔵《とみぞう》に顎《あご》をしゃくった。

「まかしてください。誘い込むだけでしょう」

「そうだ。ぬかるんじゃねえ。行け」

富蔵はそのまま金三郎から離れて、二人の町方《まちかた》が入っていった居酒屋の前まで行き、そこでひとりの町方の後ろ姿を眺めた。

(あいつだな……)

富蔵は広小路の雑踏《ざっとう》に紛《まぎ》れた町方の広い背中を凝視《ぎょうし》し、それからゆっくり尾《つ》けはじめた。金三郎に少し時間を稼げと言われているから、すぐに声をかけるのを控える。

広小路界隈《かいわい》には船宿や茶屋の他に夜商いの店も多い。怪しげな見世物小屋や、女郎《じょろう》を置く水茶屋《みずぢゃや》もあるので、呼び込みの声が引きも切らない。

ぼんやり歩いていると、岡場所の女に袖を引かれることもある。富蔵はそんな雑踏をかき分けるようにして、前を歩く町方を尾けつづけた。しかし、相手が大橋《おおはし》をわたる前に声をかけなければならない。

それは大橋に差しかかったときだった。

「町方の旦那でございますね」

声をかけてきた男がいた。伝次郎が立ち止まって見ると、商家の奉公人ふうの男が腰を低くして言葉をついだ。

「わたしはこの近くにあります上田《うえだ》屋の手代で富蔵と申します。じつは相談があるんでございます」

「なんだ？」

「へえ、それがうちの主が店の蔵に行ったきり戻ってこないので、小僧を迎えにやりますと、何やら黒い塊《かたまり》があったと申すのです。どうも人が倒れているようだと。もし、それがうちの主なら大事でございます。番屋へ行って誰かいっしょについて行ってもらおうと思っていたのですが、たまたま旦那を見かけたので……」

「おれにたしかめてくれと、そう言いたいのか」

「そうしていただければ心強いのですが、お願いできませんでしょうか」

「聞き捨てならぬことだな。して、その蔵とは？」

「藤代町《ふじしろちょう》にあります」

「近いな。よし、たしかめてみよう」

伝次郎は富蔵の案内であとに従った。

上田屋は醬油酢問屋で、蔵は大川に面している本所藤代町にあると、富蔵は言う。

店からその蔵までは、ほどない距離だ。

広小路の北にある駒留橋《こまどめ》をわたったすぐの町屋《まちや》が本所藤代町で、店の蔵は川岸にあった。他の商家の蔵もあり、白漆喰《しっくい》の壁が薄闇にぼんやり浮かんでいる。

「どの蔵だ？」

「へえ、こちらでございます」

富蔵は先に立って、提灯《ちょうちん》で伝次郎の足許《あしもと》を照らした。目の前に頑丈《がんじょう》そうな扉があり、しっかり閉められていた。

「閉まっているが……」

「いま開けます」

富蔵は先に歩いて行き、重そうな観音開きの扉を開けた。

蔵のなかはまっ暗だったが、提灯のあかりに醤油や酢の入った樽《たる》が置かれているのがわかった。

「どこだ？」

伝次郎は富蔵を振り返って聞く。

「奥のほうではないかと思うのですが……」

ふむ、とうなずいた伝次郎は、蔵のなかに足を踏み入れた。それから暗い蔵の奥に目を凝《こ》らす。醤油と酢の匂いが鼻をつく。用心深く足を進めると、醤油樽のそばに黒っぽい人のような形をしたものが横たわっていた。

近づいてみると、人である。生きているのかどうかわからない。

「おい、いかがした？」

伝次郎が声をかけたそのときだった。後頭部に強い衝撃があった。とっさに振り返ろうとしたが、さらに首の付け根あたりに打撃を受けた。

意識が途絶えたのは一瞬のことだった。

三

ガチャンと音がして、千草の悲鳴が重なった。

玄関のそばで薪《まき》割りをしていた与茂七は、驚いて台所に視線を走らせた。千草が割れた茶碗を片付けにかかっていた。

「どうしたんです？」

「手がすべったのよ。なんだかいやだわ」

「おかみさんもそそっかしいですね。今日はこれで二度目じゃないですか」

与茂七は額の汗をぬぐい、やれやれと言って肩をたたいた。

「もう暗くなったのでやめます」

「そうしなさい。手許が見えないのに、無理することありませんわ。それにしても……」

千草はため息をついて、割れた茶碗を拾い集める。与茂七はひょいと首をすくめて、伐《き》り割ったばかりの薪を集めてから家のなかに戻った。

「旦那さん、遅いですね。今日は遅くならないと言っていましたよね」

「そうね。もう日が暮れてしまったのに……何かあったのかしら」

千草が心配そうに玄関のほうに目を向ける。

「どこにいるかわかっていれば、迎えに行くんですけど」

「じきに帰ってみえるでしょう。さあ、支度をしなきゃ……」

千草はそう言ってまた炊事仕事に戻った。竈《かまど》にかけてある飯釜が湯気を噴いていた。炊きたての飯の匂いがほんわり漂っている。

与茂七は居間にあがると火鉢に炭を足し、五徳《ごとく》にかけた鉄瓶の位置を直す。伝次郎の家に居候して間もないが、すっかりこの家を気に入っていた。千草ともウマが合うし、主の伝次郎は頼もしく尊敬すべき人柄だ。

世話になった当初、二人は夫婦だと思っていたが、そうではなかった。伝次郎は妻子を亡くしており、千草も夫と死に別れていた。そんな二人がどうやって連れ合うようになったのか与茂七は知らないが、契りを交わしていずとも〝おしどり夫婦〟だった。

「湯にでも行ってきますか？」

千草が台所から声をかけてくる。

「そうですね。でも、旦那さんがもうすぐ帰ってきそうな気もするし……」

「かまわないわよ。力仕事をして汗をかいているでしょ。風邪を引いたら大変よ」

「へえ。それじゃ先に湯に行ってこようかな」

「そうなさい。あ、それから帰りにお豆腐を買ってきてくれないかしら。まだ店はやっていると思うの」

「へい、合点《がってん》承知の助《すけ》」

与茂七はおどけて土間に下りた。

「それにしてもいやだわ。日に二個も茶碗を割るなんて……。旦那さんに何かあったんじゃないでしょうね」

「おかみさん、不吉なこと言わないでください。心配になるじゃないですか」

与茂七は湯桶を持って千草を振り返る。

「そうね。あの方のことですから、よけいな心配だわね。今夜は湯豆腐にしますからね」

「そりゃ楽しみだ。旦那さんには熱い酒をつけてやらなきゃ。それじゃ、行ってきやす」

与茂七はそのまま家を出た。

伝次郎と千草の家は霊岸島川口町《れいがんじまかわぐちちょう》にあり、すぐそばに亀島橋《かめじま》が架かっている。橋をわたったところが八丁堀だ。

与茂七は居候の身であるが、ときどき伝次郎の助ばたらきをするようになっていた。そうはいっても、ちょっとした連絡役《つなぎ》程度である。

ほんとうは十手を預かって、小者の粂吉みたいに探索の手伝いをしたい。そのことを伝次郎に請《こ》うても、首は縦には振らないから、半ばあきらめて、たまに日傭取《ひようと》りに行き、仕事のない日は家の手伝いをしているだけだ。

おのれの我儘《わがまま》で居候をさせてもらっているが、最近になって、このままではいけないと思うようになっている。年も二十六だし、いつまでも伝次郎と千草に甘えてはいられない。

伝次郎には船頭仕事を勧められたが、その気になれずにいる。かといって他にできることがあるわけではない。商家奉公するには遅すぎるし、これから職人になろうと思っても、やはり遅すぎる。

――あなた、手跡指南《しゆせき》でもやったらどうかしら？

千草に言われたことがある。それは死んだ与茂七の父親が手跡指南をやっていたと知っているからだった。

しかし、与茂七は父親みたいに読み書きが得手《えて》ではない。人並みに読んだり書いたりできるといった程度だ。

湯につかり、ぼんやりとこれからのことを考えたが、やはりはっきりとやりたいことは浮かんでこない。心の片隅にあって消えないものだけが、はっきりしている。

それは、

（条吉さんみたいに、旦那さんの手先になりたい）

ということだった。

湯屋を出ると、近所の豆腐屋に立ち寄って頼まれた豆腐を買って家に戻った。

「ただいま帰りました」

そう言って家のなかに入ったが、伝次郎はまだ帰っていなかった。

「旦那さん、まだお帰りじゃないんですか？」

「そうなのよ。なんだか心配になってきたわ。茶碗は割れるし……」

表情を曇らせる千草を見ると、与茂七もなんだか心配になってきた。

四

伝次郎の意識が戻ったのは、広瀬小一郎に声をかけられ、小さく頬をたたかれてからだった。うっすらと目を開けると、

「沢村さん、まずいことになっていますよ」

小一郎が渋い顔で言う。隣には八州吉が提灯を提《さ》げて立っていた。

「どういうことだ……」

伝次郎は半身を起こして、まわりを見まわし、やっと意識を失う前のことを思い出した。

「それはわたしが聞きたいことです。とにかく、どうしてこうなったか、話を聞かなければなりません」

「おい、待て。ここに死体《むくろ》が、いや、死体かどうかわからぬが人が倒れていたのだ」

「死体でした。表に運んであります」

「なに……」

「上田屋という醬油酢問屋の主でした。ここで人が死んでいるというのも、上田屋の奉公人の知らせでわかったことです」

「それは富蔵という手代ではなかったか？」

「富蔵、そりゃいったい誰です？」

小一郎は眉宇《びう》をひそめて問い返す。

「おれをこの蔵に案内した男だ」

小一郎は自分に知らせに来たのは上田屋の手代ではあったが、富蔵という名ではなく、京助《きょうすけ》という手代だったと言った。

「とにかく沢村さんには話を聞かなければなりません。いま、沢村さんには殺しの疑いがかかっています」

「なんだと……」

伝次郎は眉を大きく動かして小一郎を見る。

「沢村さんは死体のそばに倒れていたんです。しかも、手には血に濡れた短刀をにぎっていました」

「なにィ」

伝次郎ははっとなって、自分の右手を見た。短刀はないが、血で濡れているのがわかった。そして、殺しに使われたらしい短刀を八州吉が持っていた。

「とにかく番屋で話を聞かせてください」

小一郎は丁寧《ていねい》な口調で言うが、その表情は厳しかった。

伝次郎はそのまま、南本所元町《もとまち》の自身番《じしんばん》に行き、富蔵という手代に声をかけられ、何者かに殴りつけられて意識を失うまでの話をした。

小一郎はその間、黙って耳を傾けていたが、

「辻褄《つじつま》が合わないんです」

と、言った。

「どういうことだ？」

「その富蔵という男は、どこにいます？　上田屋の手代だとおっしゃいましたが
……」

そこで言葉を切った小一郎は、土間に立っている男を見た。

「そこにいるのは京助という上田屋の手代です。京助、富蔵という手代はいるか？」

「いいえ、うちの店にはいません」

京助はそう答えて、伝次郎を見た。

「なんだと。それじゃ富蔵はどこにいる？」

「それはわたしが聞きたいことです。とにかくこの短刀で、沢村さんは上田屋の主・太兵衛《たへえ》を刺して殺し、同じ蔵のなかで気を失って倒れていた。それだけがはっきりしていることです」

「馬鹿な。おれがあの蔵に入ったときには、もう人が倒れていたのだ。それが上田屋の太兵衛だったのかどうかはわからぬが、おれはその倒れている男に声をかけ、

そして後ろから何者かに殴りつけられたのだ」

「それはさっき聞いたとおりです。しかし、沢村さんを殴った者がいたかどうかわかりません」

「広瀬、何を言っておるのだ。おれのこの後ろのこのあたり……」

伝次郎は後頭部のあたりを片手で示した。殴られた痕《あと》が残っている。それはまだ熱を持っていた。

「たしかに殴られたようですが、上田屋を刺した拍子《ひょうし》に、あるいは刺したあとで醬油樽の角にぶつけたのかもしれません。なにしろ暗い蔵のなか、足許は覚束《おぼつか》なかったでしょう。それに蔵の地面には、樽の栓や壊れたタガが転がっていました。それに足を取られて後ろに倒れ、間《ま》が悪いことにそこに樽があった」

「広瀬、正気で言っているのか……」

伝次郎は小一郎をにらんだ。

「疑いたくはありませんが、あの事様《ことざま》をどう弁明するかです。蔵のなかに死体があり、その近くに沢村さんが殺しの得物《えもの》に使ったと思われる短刀をにぎって、倒れていたのです。富蔵という手代もいません」

「広瀬、きさま、本気でおれが上田屋の主を殺したと思っているのか」

「思ってはいません。思いたくもありません。しかし、弁明のしようがないのです」

「太兵衛という上田屋の主はどういう死に方をしていたのだ？」

「腹を刺されていました。傷の深さから一突きで死んだものと思われます」

伝次郎は大きく息を吸って吐き、

「なぜ、あの蔵で人が死んでいるというのがわかったのだ？」

と、土間に立っている京助という手代を見た。

「旦那さんの帰りが遅いので心配になり、見に行って気づいた次第です」

「すると、上田屋の主があの蔵にいることはわかっていたのだな」

「さようです。蔵に行くと言って店を出ていましたので……」

伝次郎は黙って考えをめぐらした。すると、小一郎が言葉をついだ。

「申しわけありませんが、沢村さん、今夜はここに泊まってもらいます」

「あくまでも下手人扱いか。おぬしと別れたあと、すぐのことなのだ。それにおれには上田屋を殺す事由《じゆう》もなければ、動機もないばかりか、上田屋との繋《つな》がりもないのだ」

「わかっています。とにかく上田屋の検視《けんし》をします。それで何かわかると思いますので、堪《こら》えてください。それから刀は預かっておきます」

先に抜いていた大小を、八州吉がそばに引き寄せた。

伝次郎は今夜はあきらめるしかないと観念した。身の潔白を証明しなければならないが、いまはその材料がなかった。

「広瀬、ひとつだけ頼みがある」

「なんでしょう」

「おれの家に知らせを走らせてもらいたい。手の離せないことがあるので、今夜は家に帰れないと伝えてもらいたいのだ」

「承知しました」

小一郎は「では」と言って腰をあげた。

五

自身番にはいざという場合のために、町雇いの家主《やぬし》や書役《かきやく》らが詰める居間の奥に、小部屋がある。そこには鉄製の鐶《わ》が壁につけられ、容疑者を一時留置できるようになっている。

伝次郎も決まりに従い、その鐶に手をつながれ一晩過ごすことになった。まったく身に覚えのない罪状で留置《りゅうち》されているのだが、明日までの辛抱《しんぼう》だと肚《はら》をくっていた。

しかし、このまま人殺し扱いされてはかなわぬから、上田屋の蔵に行く前のことと、行ってからのことを自分なりに整理していた。

声をかけてきた富蔵を信用したのが、そもそもの間違いであったのだが、疑う余地はなかった。伝次郎でなくても、富蔵の言葉を信用しただろう。

それはともかく、蔵に入ってからである。たしかに人が倒れていた。それが、上田屋の主・太兵衛だったのかどうか、伝次郎にはたしかめる術《すべ》はなかったし、いきなり背後から殴られたのだ。

(殴ったのは富蔵だったのか……)

その辺のことははっきりしない。

富蔵以外の人物が蔵のなかにいたと考えることもできる。その人物は富蔵と組んでいたと考えるべきだろう。

伝次郎はそこで「待てよ」と、考えをあらためる。富蔵以外の人物がいたと仮定せず、富蔵が自分を殴りつけ逃げたと、単純に考える。

その富蔵は自分を殴りつけて逃走した。しかし、なぜ、富蔵が自分に声をかけてきたのか、それがわからない。

自分を蔵に呼び出して、上田屋太兵衛殺しの下手人に仕立てるためだったのか？そうであれば、自分でなく他の者でもよかったはずだ。だが、端《はな》から自分を罠にはめるために声をかけてきたとしか考えられない。

——町方の旦那でございますね。

あのときの富蔵は、自分を町方だとわかっている顔つきだった。

(なぜ、おれに……)

疑問は他にもある。

富蔵が上田屋を殺していたのなら、わざわざ人を呼んで死体を見せるのがおかしい。

（ひょっとして、まだあのとき上田屋は生きていたのか……）

もし、気を失っているだけだったら、自分を殴って気絶させたあとで、上田屋を殺し、自分の仕業《しわざ》に見せかけるように仕組んだ。

（そうなのか……）

心中でつぶやきを漏らす伝次郎だが、納得がいかない。

上田屋に恨みがあって殺したのなら、人を呼びつける必要はないはずだ。それなのに富蔵は他人の仕業に見せかけるための工作をしている。

凶器に使われた血のついた短刀を、自分ににぎらせたのだ。

上田屋太兵衛を殺すのが目的だったのなら、自分の仕業に見せかける工作は無駄ではないか。単に殺して逃げればすむことだ。それなのに、富蔵はそうしなかった。

（なぜだ？）

なぜだ、なぜだという疑問が頭のなかで空まわりする。

（ひょっとして、富蔵はおれに恨みを持っていたのか）

そう考えてみたが、伝次郎は富蔵に心あたりがない。富蔵の顔を思い出しながら、記憶の糸を手繰《たぐ》ってみるが、やはり心あたりはない。

考えをめぐらしつづける伝次郎だが、現実に起きたことは、自分が富蔵の相談を受けて、上田屋の蔵に入り、殴られて気を失ったということだ。そして、そこに死体があり、殺しに使われたと思われる凶器の短刀を自分がにぎっていた。

自分が見たのは暗がりに横たわっている人だった。それ以外のことは何もわからない。自分を殴ったのも富蔵なのか、別の者なのかも不明だ。

それは翌朝、五つ（午前八時）頃のことだった。

「沢村殿、検視でわかったことがある」

そう言ったのは、北町奉行所からやってきた、島田元之助《しまだもとのすけ》という定町廻《じょうまちまわ》り同心だった。

伝次郎は腰縄をつけられたまま島田を黙って見た。そばには小一郎と八州吉、そして六兵衛《ろくべえ》という島田の小者が立っていた。

「上田屋太兵衛は、手代の京助が見つける前に殺されていたようだ」

そう言った島田を、伝次郎はピクッと眉を動かして見つめる。

「手代の京助が主の太兵衛と沢村殿を見つけたのは、六《む》つ半（午後七時）頃だった。だが、太兵衛はそれよりずっと前、おそらく二刻《ふたとき》（約四時間）ほど前に殺されていたと推量される」

「すると、八《や》つ半（午後三時）頃ということか……」

「さようです。その頃、沢村殿はどこにいらっしゃいました？」

「本所あたりを見まわっていた。小者の粂吉を連れてだ」

島田が無表情に見てくる。

「その言葉、沢村殿だから信用しましょう。されど、粂吉から話を聞かねばならぬ」

島田はさっと小一郎を見て、

「が、広瀬やってくれ」

小一郎がうなずくと、島田は言葉をついだ。

「沢村殿が富蔵という男の案内で上田屋の蔵に行ったのは、広瀬と別れて間もなくのことだった、そうでありますな」

「さよう」

伝次郎は屈辱《くつじょく》に耐えながら返事をする。

「すると、沢村殿が蔵に入ったのは、六つ（午後六時）頃だった」

「その頃だったはずだ」

伝次郎が答えると、島田が小一郎に顎をしゃくった。

そのまま小一郎は居間にあがってきて、伝次郎の縛《いまし》めをほどいた。

「おれへの疑いは晴れたということだな」

「そういうことになります」

小一郎が答える。

「いつ検視をしたのだ？」

「昨晩です」

伝次郎はさっと小一郎を見た。

「ならばなぜ、昨夜《ゆうべ》のうちにここに来なかった。一晩留め置くことはなかったはずだ」

腹立ちを覚えた伝次郎は、咎《とが》め口調で小一郎を見た。

「申しわけありません。検視は昨夜のうちに終わったのですが、医者を立ち会わせて、しっかりした見極めをしなければならなかったのです。それが今朝行われまして……」

小一郎はすまなそうな顔で島田と視線を交わした。

「検視はわたしがやりましたが、上田屋の死亡時刻は傷口を見て推量するしかなかった。しかし、その道に詳しい医者なら別です」

刃傷《にんじょう》死は、傷口でおおよその死亡時刻を割り出すことができる。しかし、経験豊富な町奉行所の同心にも時間がたつと正確なことはわからない。よって、医者の力を借りるのが通例となっている。

「まったくとんだ災難だった」

伝次郎は大きなため息をついて、八州吉が差し出す自分の大小を受け取った。

「それで、調べはどうなっているのだ？」

「上田屋から大まかな話は聞きましたが、沢村さんを呼び出したという富蔵のことはわかっていません」

「すると、上田屋太兵衛の身辺をあたらなければならぬな」

伝次郎が探索の意欲を見せると、島田が口を挟んできた。

「沢村殿、この調べは北町でやります。沢村殿にはこのままお引き取り願えますか」

「なに」

「お気持ちは察しますが、この一件はわたしと広瀬で受け持ちます。御番所からもさような指図を受けています」

「おれはとんだ迷惑を受けたのだ。それに富蔵という男の顔を見ている」

「その人相を教えてください」

伝次郎が調べに介入するのを、島田は拒んでいる。そのことが涼しげな顔つきと口調でわかった。それでも伝次郎は食い下がった。

「では、おれはどうすればよいのだ。何かの役に立ちたいと思うが……」

「富蔵の人相を詳しく教えてください。それがすんだらお引き取り願います」

伝次郎は目に力を入れて島田をにらむように見、やるせないという顔つきで首を振った。胸の内には持って行き場のない怒りがあった。

六

手を離せない事情があり、昨夜は帰ってこられないという連絡を受けていた千草は眠れない夜を過ごしていた。それでもいつものように起き、掃除や炊事、そして繕い物をして過ごしていた。

ときどき玄関のほうに顔を向けたり、思い出したように表に出てみたりした。もちろん伝次郎のことが気になっているからだった。

与茂七は朝から、

「旦那さん、どうしたんでしょうね。大きな捕り物でもあったんでしょうか」

などと、やはり伝次郎のことを気にしていた。

「捕り物かどうかわかりませんが、あまり気を揉まないほうがいいわよ。あの方は強い運をお持ちだから」

与茂七を気遣ってそう言ったが、そのじつ自分に言い聞かせているのだった。

しかし、伝次郎はちゃんと帰ってきた。

それは四《よ》つ（午前十時）前のことだった。

「旦那さん、ずいぶん心配していたんです。何があったんです？」

与茂七は伝次郎が帰って来るなり、飼い主を待っていた犬のようにあとをついてまわり、昨夜のことを穿鑿《せんさく》した。

「心配するほどのことではない。与茂七、少し静かにしてくれ」

伝次郎は疲れた顔をしていた。無精《ぶしょう》ひげが生えており、表情も冴《さ》えなかった。

千草は茶を淹《い》れてやり、

「お疲れさまでございます。今日はもう出かけなくてもよいのですか」

と、伝次郎を見た。聞きたいことはいろいろあるが、その気持ちをぐっと抑えた。伝次郎の顔を見れば、いまはそっとしておくべきだと思ったのだ。

「少し休みたい」

伝次郎は茶を飲んでから言った。

「お食事はいかがされます」

「飯はあとだ。先に横になりたい」

「よほどお疲れなのですね」

伝次郎は何も言わずに茶を飲むと、そのまま寝間《ねま》に引き取った。

立ち去る伝次郎を見送っていると、そばにいた与茂七が、

「旦那さん、機嫌悪そうですね」

と、耳打ちするように言う。

「お疲れなのですよ」

千草はそう言ってから台所に立った。洗い物をしながら、伝次郎のことを考えた。

(何があったのかしら……)

そう思うのは、与茂七が言ったように、伝次郎の機嫌が悪そうだからだ。こんなことは、これまでになかったことだ。

それだけに千草は気になるのだが、伝次郎は人を寄せつけない空気を醸《かも》していた。だから、千草は下手な口出しをせずに黙っているのだった。

(これでまた相談ができなくなったわ)

千草は胸の内でため息をつく。

ここしばらく考えていることがあった。伝次郎が町奉行所に呼び戻されたのはよいことだった。そして、伝次郎のために家事をすることも自分の務めだと思ってい

た。しかし、与茂七という居候が増えてはいるが、基本は二人暮らしである。

掃除も洗濯も料理も苦にはならない。しかし、大所帯ではないからその量が多いわけでも、手間がかかるわけでもない。自然暇を持て余すことになる。

与茂七が来てからは買い物や掃除、薪割り、水汲《く》みなどの力仕事をまかせているから、さらに暇が増えた。その結果、自分の仕事を見つけることに苦労している。

（こんなことなら、またお店でも……）

と、ふと思ったのは数日前のことだ。

そして、その思いがどんどん強くなっている。商売は素人《しろうと》ではない。深川では飯屋をやっていた。その経験を生かすことは容易である。

それに自分がはたらけば、いまより暮らしも楽になる。

千草は、そんなことをつらつら思いながら洗濯に精を出した。庭では与茂七が薪割りに汗を流している。

千草は洗濯を終えると、これから先の季節を考え、浴衣《ゆかた》を取り出して火熨斗《ひのし》がけをした。

ときどき手を休めて、伝次郎が寝ている奥の間に目をやる。

帰ってきたときの顔が思い出される。人を寄せつけないような憤然とした顔つき。口数も少なかった。胸の内に重いものを抱えているようにも見えた。

あれやこれやと、細々《こまごま》した家事をやっているうちに昼近くになった。

町奉行所から使いの中間《ちゅうげん》がやってきたのは、与茂七と茶を飲んでいるときだった。

「いま休んでいますが、起こしてまいります。少しお待ちください」

千草は中間を玄関に待たせて、伝次郎が寝ている奥の間に行って声をかけた。

「あなた、寝ていらっしゃいますか」

遠慮がちに声をかけると、

「いま目が覚めたところだ」

という返事があった。

「御番所から使いの方が見えているのですが……」

「すぐ行く」

返事があって、伝次郎が着替えにかかる物音がした。

七

帰宅後、横になっていた伝次郎だが、眠りは浅かった。それでも、少しは体が楽になっていた。とは言っても、心中には苦々《にがにが》しいものが残ったままだ。

千草に起こされ、着替えをして玄関に行くと、町奉行所の中間が待っていた。奉行の役宅に雇われている男だ。

「お休みのところ恐縮でございます。ご用人の長船様からの言付《ことづ》けです。昼過ぎでよいので、役所のほうに来てくれとのことです」

「長船様から……」

「さようでございます。では、お伝えいたしましたので……」

中間は深く腰を折って、そのまま帰っていった。

伝次郎は無精《ぶしよう》ひげをなぞって、長船甲右衛門の顔を思い浮かべた。奉行の用人を務めている内与力である。その権力は奉行並みで、ときに奉行所内の人事にも関わっているし、伝次郎に指図をすることもある。

「お出かけですか」

千草に声をかけられた伝次郎は振り返り、

「うむ」

と、短く応じただけで井戸端に行って水を使い、ひげをあたり、乱れた髷《まげ》を直した。髪結《かみゆ》いを呼ぶ暇はないので、鬢付《びんつ》けを使って櫛目《くしめ》を入れるだけにとどめる。

「お食事はどうされます。何か食べて行かれたほうがよいのではありませんか」

台所にいる千草が気遣ってくれる。

「そうだな。茶漬けでも腹に入れておこう」

茶の間に座ると、すぐに茶が出された。そのまま火鉢にあたりながら、昨日のことを考えるが、すぐに与茂七が声をかけてくる。

「旦那さん、昨夜はいったい何があったんです？」

「一言では言えぬ」

「厄介なことが起きたんでしょうけど、おれを使ってください」

伝次郎は真顔で言う与茂七を短く眺めた。

「おまえの出る幕ではない」

「かー、素《そ》っ気《け》ないことを。そんな突き放す言い方をしなくてもいいでしょうに」

与茂七は口をとがらせる。

「やってもらいたいことができれば、そのときに頼む。それだけのことだ。それより、先のことは考えたのか？　毎日身を持て余しているのではないか」

「いろいろ考えてはいますよ。いつまでも居候じゃ悪いと思っていますし……」

「もう少し真剣に考えろ。考える前に自ら動くことも大事だ」

「わかっちゃいるんですけど……」

与茂七は痛いところをつかれたせいか、乗り出していた身を元に引いたばかりでなく、そのまま土間に下りて庭のほうに去った。

伝次郎が煙管《キセル》を吹かしている間に、千草が茶漬けを作ってくれた。

「足りなかったら、他にも出します」

「いや、これで十分だ」

伝次郎は茶漬けをすするようにして食べた。

その間、千草が黙ったままそばに控えていた。何か訊ねたいという思いが伝わってくる。ちらりと顔をあげると、やはり目が合った。

「話せることと話せないことがある」

伝次郎は短く言った。

「そうでしょうけど、ひとりで思いを抱えないでください。何があったのか知りませんが、わたしに話せることがあったら、黙って伺《うかが》います」

もっと率直に言いたいのだろうが、千草はそれを堪えている。深く立ち入っていいときと、そうでないときを心得ているからだ。その思いやりがわかるだけに、伝次郎の胸の内はさらに苦しくなった。

「すまぬが、いまはそっとしておいてくれ」

伝次郎は残りの茶漬けを平らげた。

小袖に黒紋付の羽織を着て家を出た伝次郎は、八丁堀にわたる亀島橋の上で立ち止まった。

すぐ下の堀川に自分の猪牙舟が舫《もや》われている。舟底に淦《あか》がたまっていた。それほどの量ではない。普段ならすぐに掬《すく》い出すだろうが、いまはそんな気分ではなかった。

家に戻ってくるまで、自分を騙《だま》した富蔵や、北町の同心、島田元之助に腹を立てていた。島田の口調や、不遜《ふそん》な態度には憤りさえ覚えていた。

しかし、いまは富蔵に騙されて、上田屋の蔵に連れて行かれた自分の不覚が悔しくてならなかった。腹立ちは外に向かっているのではなく、いまはおのれのなかにあった。

（あんなところで不意打ちを食らうとは……）

伝次郎は欄干《らんかん》についた手に力を込め、唇を噛んだ。

そのまま八丁堀を抜け、通町《とおりちょう》を横切り、鍛冶《かじ》橋をわたり、堀沿いに歩いて南町奉行所に入った。表玄関から一挺《ちょう》の駕籠《かご》が去るところだった。それは奉行の筒井政憲が登下城《とうげじょう》の際に使うものだ。

（今日はもうお帰りか……）

そんなことを思って、町奉行所の裏にまわる。奉行や用人に会うときには、表玄関ではなく内玄関から入る。

その玄関を入ったすぐのところが内与力の詰所《つめしょ》になっている。玄関に控える中番に来訪を告げると、すぐに用部屋の奥にある次之間《つぎのま》に通された。

がらんとした畳敷きの部屋で薄暗い。待つほどもなく、用人の長船があらわれた。

どことなくかたい表情である。

さっと伝次郎の前に座ると、

「お奉行も見える」

と、言った。

伝次郎は新たな指図を受けるのだと思った。上田屋の一件は気になっているが、島田元之助に探索への介入を拒まれている。新たな役目なら、それを先にやるしかない。

廊下に足音がして、さっと襖《ふすま》が開かれた。筒井政憲が伝次郎を見て、そのまま衣擦《きぬず》れの音をさせながら上座に腰を下ろした。

「面《おもて》をあげよ」

筒井の声で、伝次郎と長船は顔をあげた。

福々しい温厚な顔だが、今日はその目がいつになく厳しく感じられた。

「沢村、しくじりおったな」

その言葉に伝次郎は、はっと顔をこわばらせた。

「下城してくるやいなや、長船から詳しく話を聞いた。北町からの知らせによると、そのほう、殺しの疑いをかけられたそうだな」

伝次郎は血の気が引くのを感じた。冷水をかけられたように背中が冷たくなった。

「何故《なにゆえ》、さようなことになったか申せ」

伝次郎は平伏《へいふく》して、申しわけございませんと詫《わ》びを口にしたあとで、富蔵という男に声をかけられてからの一部始終を話した。

その間、筒井も長船も息を殺したような顔で耳を傾けていた。

「不覚を取ったのはそれがしの至らなさでございます。深く恥じ入っている次第でございます」

伝次郎はすべてを話したあとで、そう結んで再び平伏した。

「罪科《ざいか》は逃れたとしても、由々《ゆゆ》しき失態。それも北町の同心に世話をかけている」

長船だった。しわ深い狐《きつね》顔にある薄い唇を引き結んだ。

「練達者《れんたつしゃ》の沢村が不意打ちを食らうとは、油断であったな」

「はは」

筒井の言葉に反論することはできない。まさに油断以外の何物でもなかったのだ。

「お奉行、いかがされます」

長船が筒井を見る。伝次郎は緊張したまま頭を下げていた。両手をついている畳の目をじっと見つめる。

「当奉行所内で片付けることができるならば、屹度叱《きっとしか》りですませられましょうが……」

長船が言葉を添える。屹度叱りは、現代で言う厳重注意に相当するだろうか。

「失態であった。それは否《いな》めぬ。沢村、かくなるうえは……」

筒井は言葉を切った。伝次郎はこのまま町奉行所から追放されるのではないかと危惧《きぐ》した。自分は公式な町奉行所の人間ではない。奉行の家来として町奉行所に戻されているだけだ。それも内与力並みという破格の待遇である。

（これで終わりかもしれぬ……）

伝次郎は覚悟した。

「沢村、おぬしは惜しい男だ。本来であるならば目こぼしをしてもよいだろうが、北町から知らせを受けた手前、示しをつけねばならぬ。よって、ここで慎《つつしみ》を申しわたす」

慎とはいわゆる謹慎《きんしん》である。その期間は三十日と決まっている。

「しかと承りました」

かくなるうえは、自分の非を認め、奉行の指図に従うしかない。伝次郎は内心の衝撃を抑えながら、深々と頭を下げた。

第二章　謹慎

一

「それで、旦那はどこへ？」

粂吉は千草を見る。

「御番所に行っていますけど、そう、そういうことがあったの……」

粂吉から話を聞いたばかりの千草は、驚きつつも今朝の伝次郎の様子がおかしかったことに、やっと納得がいった。

「あっしも驚いたのですが、本所方の広瀬の旦那から話を聞いたときには、いったい何のことやらと、うまく話が呑み込めなかったんです。まさか、旦那に殺しの疑いがかかるようなことがあったとは……それも、あっしと別れたあとのことですからね」

「それじゃ、上田屋の主殺しを調べるのかしら」

千草は粂吉の凡庸《ぼんよう》な顔を眺める。

二人は玄関そばの上がり框《かまち》に座っているのだった。

「あっしも話を聞いたときには、てっきりそうするもんだと思ったんですが、北町の受け持ちになっているんで何もできないんです」

「それじゃ、あの方は殴られて、殺しの疑いをかけられただけですか。疑いは晴れたといっても、納得できないでしょう」

「そうなんです。だから、旦那がどうするつもりなのかと思い、やってきたんです。それで、旦那の帰りはいつ頃かわかりますか」

「どうでしょう。すぐに帰ってみえるかもしれないけれど……」

「困ったな」

粂吉は貧乏揺すりをしながら閉まっている玄関の戸を見て、

「御番所に行ってみましょう。行き違いになって会えないようだったら、また来やす」

と言って、ひょいと立ちあがった。

「帰ってみえたら、粂吉さんが心配していたことを話しておきます」

「お願いしやす。では……」

粂吉は頭を下げると、そのまま家を出て行った。

千草は玄関口で粂吉を見送ってから、茶の間の上がり口に腰を下ろした。ふっと、我知らず短いため息が漏れる。

煙出し窓の向こうに見える青い空をぼんやりと眺め、伝次郎のことを考えた。

昨夜、伝次郎が家に帰ってこなかったわけは、粂吉から話を聞いてわかったが、被害を受けながら何もできない伝次郎はおそらく憤っているはずだ。

めずらしく不機嫌な顔をしていたのも、千草にはわかる気がする。

(それにしても、どうして罪をなすりつけられるようなことになったのかしら)

自らに問う千草だが、頭は空まわりするばかりだ。

「遅くなりました」

玄関の戸がガラッと開けられ、八百屋に買い物に行っていた与茂七が戻ってきた。

「おかみさん、大根を一本おまけしてもらいました。あの八百屋、気前がいいんです。それから小松菜《こまつな》はこれでいいんですね」

与茂七は籠《かご》から買ってきた野菜を取り出しながら、

「あれ、どうしたんです。浮かない顔して……」

と、千草を見て目をしばたたく。

「粂吉さんが見えてね、昨日、旦那さんが帰ってこなかったわけがわかったのよ」

「どういうことです？」

与茂七は手を股引にこすりつけて、千草の横に座った。

「伝次郎さん、殺しの下手人になるところだったらしいのよ」

「ええっ！　どういうことです？」

与茂七は目をまるくして驚いた。

千草は粂吉から聞いたことをざっと話してやった。

「それじゃ、ほんとうの下手人は誰なんです」

「それはいま北町のほうで調べているらしいわ。伝次郎さんはその件には関われないらしいのよ」

「なぜです？　だって、旦那さんは危うく殺されそうになったんじゃないですか。それに下手人にされかけたんでしょう」

「月当番が北町の方だったから、南町は手が出せないと、粂吉さんはそんなことを言うんですけど……」

「そりゃ、おかしいじゃないですか。旦那さんは殴られて、そして下手人になるところだったんですよ」

「そうなんだけど、わたしも御番所のことはよくわからないから……」

千草が悄《しょ》げたように肩を落とせば、与茂七は怒った顔でむっつりと黙り込んだ。

「……そうか、だから旦那さんは機嫌がよくなかったんだ。そりゃそうだよな」

しばらくして、与茂七が独《ひと》り言のように言った。

「とにかく御番所から帰ってきたら、詳しい話を聞きましょう」

「そうですね。黙ってるわけにはいきませんよ」

千草は勝手に憤っている与茂七を見て、ここは冷静になるべきだと思った。

「与茂七、話はわたしが聞きます。あなたは余計なことを言わないでください」

「どうして……」

「いいからそうしてくださいな。あの人もきっと言いたくないのかもしれない。そうでなければ、今朝帰って見えたとき、何もかも話しているはずだもの。何か考えがあるのかもしれないし……」

「そうかもしれませんが、なんだか腹が立つなァ」

千草はそんな与茂七をよそに、買ってきてもらった野菜を台所に運んだ。

伝次郎が帰宅したのは、それから小半刻《こはんとき》（約三十分）後のことだった。

二

自宅に帰るなり、いつになく畏《かしこ》まった顔で千草に話があると言われた伝次郎は、

「おれも話さなければならぬことがある」

といって、先に奥の座敷へ行って座った。土間に立っている与茂七を見ると、何やらむくれた顔をして視線を外し、背中を見せて上がり口に腰を下ろしている。

「まずはそなたの話を聞こうか」

伝次郎は千草に顔を向け直した。

「いいえ、あなたのお話を先に聞きます」

伝次郎はそういう千草の顔をじっと眺めてから口を開いた。

「昨夜あることがあって、お奉行よりお咎めを受けた。しばらく謹慎の身になった」

「え、なぜです？」

千草は目をみはった。

背中を向けていた与茂七も振り返ったが、伝次郎は話をつづけた。

「本所で殺しがあってな。その下手人に仕立てられそうになったのだ。疑いは晴れたが、おれの不覚だった。何の言いわけもできぬ」

「でも、あなたは闇討ちされるように殴られただけではありませんの」

「なぜ、そのことを……」

伝次郎は片眉を動かして千草を見つめた。

「粂吉さんが見えたんです。今朝、広瀬さんという本所方の同心から教えられて、驚いたと話してくれたのです」

「粂吉が来たのか……そうか、そういうことか。すると、何もかも聞いたのだな」

「詳しいことはわかりませんけれど、概《おおむ》ねは……。それでどうされるのです？」

「どうもこうもない。おれはしばらく動けないのだ。お奉行の命であるから何もできぬ」

「それで納得されるのですか」

「千草、どこまで話を聞いたか知らぬが、いまのおれには何もできぬ。今朝は北町のやり方に腹を立てもしたが、よくよく考えれば、自分の落ち度だ。それを認めるしかない。納得はいかぬが、堪えるしかないのだ」

伝次郎は煙草《たばこ》盆を引き寄せ、腰から煙草入れを抜いた。奉行所からの帰りにそば屋に寄って、昨夜のことを反芻《はんすう》しながら、自分の落ち度をあらためて省《かえり》みた。たしかに納得はいかないが、油断があったのはたしかだ。それについて言いわけはできない。

「あなたは害を被り、危うく人殺しにされるところだったのですよ」

「疑いは晴れた」

「だから、おとなしく引き下がるのですか？」

千草はきっと目を険しくした。障子越しのあかりを受けるその顔はいつになく厳しい。

「言ったであろう。お奉行から〝慎《つつしみ》〟の命を受けたのだ。いまのおれには何もできぬ。言いたいことはわかる。わかるが、じっとしているしかないのだ。ここでジタバタしても何もよくはならぬのだ」

伝次郎は言いながら煙管に刻みを詰めた。

「旦那さんを殴ったのが下手人ですか？」

与茂七が声をかけてきた。

「わからぬ」

「人殺しにされそうになって、お咎めを受けるなんておかしな話です。だって疑いは晴れたんでしょう。どうして咎められるのです？」

「……油断していたおれが悪いのだ」

「そんなの道理が通りませんよ」

「与茂七、もうよい。千草も黙っていてくれ。粂吉から話を聞いているのなら、もうおれの話すことはない」

「我慢をすれば、ことは丸く収まるとお考えなのですね」

千草は口を引き結んで伝次郎をまっすぐ見る。元は侍の娘である。人を思いやる女だが、気丈《きじょう》さもあわせ持っている。

「北町の同心が調べをしている。おれの出る幕はない。ただ、それだけのことだ」

「旦那さんは、じっとしているだけでいいと思っているんですか」

与茂七だった。

「もうよいッ。いまのおれには何もできぬのだ。ただ、それだけのことだ」

伝次郎は声を荒らげると、蹴るようにして立ちあがり、寝間に引き取った。

しばらく腹立たしさが収まらず、正座をして目をつむった。

千草や与茂七の言いたいことは手に取るようにわかる。何より此度《こたび》の一件について、納得がいかないのは自分である。しかし、奉行から申しわたされたことを無視して勝手に動くわけにはいかない。

忸怩《じくじ》たるものが胸の内にあるが、苛立《いらだ》ちを抑えるために目をつむっていると、ついカッとなって与茂七を怒鳴った自分を恥ずかしく思った。

大きく息を吐いて吸い、いつもの自分を取り戻そうと心を落ち着かせた。

粂吉が来たと千草に告げられたのは、それから小半刻ほどたってからだった。

「与茂七、さっきは怒鳴ったりして悪かった。おれを思う気持ちはよくわかっている。すまなんだ」

伝次郎は玄関のそばにいた与茂七に声をかけた。

「いえ、おれも出しゃばったことを言ってすみませんでした」

与茂七はぺこりと頭を下げた。

「何かあったんで……」

やってきた粂吉が、伝次郎と与茂七のやり取りを聞いてきょとんとしていた。

「何でもない。あがってくれ」

伝次郎は奥の座敷に粂吉を通して、向かい合って座った。

三

千草が茶を運んでくると、

「すまぬが、しばらく二人だけにしてくれ」

と、人払いをした。千草は何も言わずに下がり、障子を閉めて去った。

「広瀬さんから話を聞いて驚いたのですが、いったいどういうことで……」

千草が去ると、粂吉がすぐに口を開いた。

「おれにもよくわからぬのだ。千草と与茂七に、昨日のことを話したそうだな」

「まずかったでしょうか……」

粂吉は粗相《そそう》をした子供のように身を縮めた。

「ま、もうそのことはよい。いずれわかることだったのだ。それより、おれは謹慎を申しつけられた」

「えッ」

「お奉行より〝慎〟の命を受けたのだ」

「何故ですか。旦那は何も悪いことをしていないではありませんか」

「お奉行の家来となっているおれのしくじりだ。不覚を取ったのはたしかだし、おれの油断でもあった。それ故、殺しの疑いをかけられた。北町の調べが入った手前、お奉行も何か示しをつけておかなければならぬのだろう」

「でも、旦那が殺しをやったわけではないし……」

「言いたいことはわかる。だが、それを言っても何もはじまらぬ。おれなりに考えていることがあるのだ」

「何でございましょう」

粂吉は身を乗り出してくる。

「上田屋の蔵に人が倒れていると言って、おれをその蔵に案内したのは富蔵という男だった。上田屋の手代だと言うから、何も疑わずに信じたが、よくよく考えてみれば、手代らしからぬ男であった。しかしわからぬのが、なぜおれを殺された上田屋のそばに置いたかだ。おれは上田屋のことをよく知らぬし、まして上田屋に恨みもない」

「それじゃ、富蔵が旦那に恨みを……」

「そのこともよく考えたが、富蔵のことはまったく知らぬ。昨日はじめて会ったのだ。昔関わっていたのかもしれぬと、そのこともよく考えたが、やはり覚えはない。だが、おれの知らぬところで富蔵が勝手に恨みを抱いていたのかもしれぬ。しかし、そうであるなら殺せばいいことだ。だが、富蔵はそうしなかった。殺されていた上田屋の主・太兵衛のそばに転がし、殺しに使われた得物《えもの》をおれににぎらせ、下手人に仕立てようとしただけだ。なぜ、そんな面倒なことをしたのか、そのことがわからぬのだ」

「旦那を殴って失神させたのも富蔵なので……」

伝次郎は茶を口にして、短い間を置いた。

縁側の障子《しょうじ》にあたっていた日が翳《かげ》り、座敷のなかがすうっと暗くなった。

「そのことをずっと考えていたのだ。だが、よくわからぬ。富蔵だったのか、あるいは別の男があの蔵のなかにいたのか……」

「すると旦那を殺しの下手人に仕立てようとしたのは、富蔵ではなかったかもしれないと……」

粂吉は真剣な目を向けてくる。

「そうかもしれぬし、富蔵と組んでいたのかもしれぬ」

「で、旦那を下手人にして、そいつらに何の得があるんでしょう?」

「わからぬ」

伝次郎は首を振ってから、言葉を足した。

「おれを下手人にして得があるかどうかは二のつぎにして、富蔵は上田屋太兵衛を殺しているかもしれぬ。やつの仕業でなかったとしても、富蔵は真の下手人を知っていなければならない」

「もっともなことです」

「腑《ふ》に落ちぬのは、なぜおれを下手人にしようとしたかだ。上田屋殺しを他人の仕業に見せかけるだけなら、おれでなくてもよかったはずだ」

「…………」

「だが、富蔵はおれが町方だというのを知っていた。番屋に行くつもりだったが、おれを見たので相談に乗ってほしいみたいなことを言った。つまり、やつは端からおれを下手人にしようという肚だった」

「富蔵は旦那を殺すつもりだったのでしょうか？」

「それはわからぬ。だが、おれは死なずに気を失っただけだった。富蔵はてっきり死んだと思ったのかもしれぬが……」

「旦那を殺さず、上田屋殺しの下手人に仕立てるつもりだった、というふうにも考えられますね」

「そうだ。だが、その狙いがわからぬ」

「旦那が下手人と決まれば、真の下手人は疑われずにすみます」

「ならば、おれでなくてもよかった」

「そうですね」

「ひょっとすると、町方を下手人にしたかったのかもしれぬ」

つぶやくように言う伝次郎は、富蔵から声をかけられたときのことを思い出した。

——町方の旦那でございますね。

富蔵はそう言ったのだ。

「すると、旦那でなくてもよかったと考えていいのでは……」

粂吉の言葉に、伝次郎ははっと目をみはった。

「そうかもしれぬ。すると、富蔵は町方に恨みを持っていた。あるいは……いや、待てよ……」

「何でしょう……」

伝次郎が腕を組んで考えると、
粂吉が真剣な目を向けてくる。

「真の下手人は富蔵ではないかもしれぬ」

「どういうことです？」

粂吉は目を見開く。

「富蔵はおれに顔を見られている。上田屋を殺したやつが、わざわざ顔を見せるだろうか。もっとも、おれを殺すつもりならそれでかまわなかったかもしれぬが……どうにも……」

伝次郎は、組んでいた腕をほどいて茶を口にした。

「旦那、でも調べはどうするんです？」

「できぬ。この一件は、北町の島田元之助と広瀬の扱いだ。それに、おれはしばらく身動きができぬ」

「あっしは動けますが……」

「だから、おまえにこういう話をしているのだ。もっとも、派手に動きまわられると困る」

「探りを入れる程度なら……」

伝次郎は「うむ」とうなずいてから言葉をついだ。

「島田と広瀬は上田屋のことを細かく調べているはずだ。そっちは手をつけないほうがよいだろう」

「すると、富蔵のことを……」

「やってくれるか」

「もちろんです」

伝次郎は富蔵の年恰好《かっこう》と人相を思い出しながら話した。

四

そこは安宅《あたけ》の通りだった。

すでに日は落ち、夕闇が濃くなっていた。

富蔵は深川八幡旅所《たびしょ》門前までやってきて足を止めた。あたりをきょろきょろ眺めて、ここではないのかと思い、水戸《みと》家の石揚場《いしあげば》のほうにあと戻りした。

石揚場の前には、昼間は葦簀《よしず》張りの水茶屋が軒を並べているが、日の暮れたいまはどの店も閉まっていた。

「なんでェ、こんなとこに呼び出すなんてよ」

愚痴《ぐち》をこぼして振り返ったときに、目の前に黒い影があり、富蔵はひっと驚きの声を漏らした。

「幽霊じゃねえさ。ほれ、ちゃんと二本脚で立ってんだろう」

「びっくりしましたぜ。それで、何かあったんですか」

「富蔵、ふざけたこと言うんじゃねえ」

「なんです」

富蔵は相手をにらむように見た。頬《ほ》っ被《かむ》りしているので、光っている目だけが目立つ。その目が富蔵をにらみ返してくる。

「てめえ、しくじりやがったな」

「しくじった？　いってェ何のことで」

「ふざけんなッ」

いきなり腹を打たれた。富蔵はウッとうなって、腹を押さえた。

「何すんです」

腹を押さえたまま相手を見あげると、今度は頬桁《ほおげた》を殴られた。富蔵はたまりかねて地面に倒れた。すると、横腹を思い切り蹴られた。息ができなくなり、口を開けて喘《あえ》いだ。

「てめえはおれの話を聞いていなかった。へえへえと、軽い返事をしたから、てっきりわかっているもんだとおれは安心してたんだ。ところがどっこい。てんで違う野郎を呼び出しやがった」

「……どういうことで……」

腹を押さえて倒れている富蔵は、息苦しい痛みに耐えながら顔をあげた。

「てめえ、顔を見られたな」

「誰にです?」

ピシッといきなり頬を張られた。

「昨夜だ。てめえが声をかけたやつのことだ。顔を見られたか見られなかったか、どうなんだ?」

相手はしゃがんで襟をつかみ、自分のほうに引き寄せた。

「言え、言うんだ」

「そりゃあ見られましたよ。しかたねえでしょう」

「やっぱりそういうことか……てめえを使ったのは間違いだった」

「いったい何を言っててんです。おれはやることをやったじゃねえですか」

「おれもてっきりやってくれたと思った。だから金を払ったんだ。だが、違っていた。おまけに顔を見られちまって、どうにもしようのねえ野郎だ」

「言ってることがわからねえ。こんなことしやがって……」

富蔵は唇を切ったらしく、錆《さ》びついた鉄の味が口のなかに広がっていた。

「生意気におれにたてつこうっていうのか。だが、もうできねえさ」

富蔵の腹のあたりに熱い感触があった。何だ、と思ったが、すぐにわかった。刺されたのだ。

「てめえに声をかけたおれもおれだ。だが、これでもう終わりだ」

相手は手をこねて、刺した刃物を動かした。

「うげッ……」

富蔵は踏み潰《つぶ》された蛙のような声を漏らした。体から力が抜けていき、頭がぼんやりしてきた。

恨み言を口にしたくても、顎《あご》に力が入らなかった。そのまま冷たい地面に片頬をつけると、意識が遠のいていった。

五

「今日はもう引きあげますか……」

広瀬小一郎は島田元之助を見て聞いた。島田はそばをすすってから、手の甲で口をぬぐい、そうだなと言って茶をすする。

本所緑町《みどりちょう》一丁目にあるそば屋だった。小一郎の小者、八州吉、そして島田元之助の小者、六兵衛《ろくべえ》も同じ幅広縁台《えんだい》に腰掛け、そばをすすっていた。

「こうも手掛かりがないと、探索《たんさく》のしようがない。富蔵の行方も知れずだ。ほんとうに富蔵という男はいたのかと疑いたくなる」

小一郎はそういう島田の横顔を見つめた。頬桁の張った色黒の顔に、行灯《あんどん》のあかりを受けている。その目はどこか遠くに向けられていた。

「まさか、沢村さんが嘘を言ったとおっしゃるんじゃないでしょうね」

島田が顔を向けてくる。

「そういうことではない。ないが、富蔵の行方がわからぬだろう」

「男が富蔵と名前を偽って、沢村の旦那に近づいたとしたらどうでしょう」

八州吉だった。

「それも考えている。だが、年恰好《としかっこう》もわかっているし、人相書《にんそうがき》も作ったんだ。それでも出てこないだろう」

島田は不機嫌そうな顔で八州吉を見た。

「富蔵が偽名だったとしても、上田屋とどういう間柄だったかということです。ですが、それもわかっていません」

小一郎はそば湯を飲んで言う。

上田屋の奉公人はもちろん、殺された主・太兵衛の女房子供への聞き取りもすませていた。店に出入りする行商人や客のなかに富蔵という男は二人ほどいたが、伝次郎が証言した富蔵とは似ても似つかぬ男で、その二人にはどうしても太兵衛を殺すことはできなかった。

太兵衛が殺されたと思われる昨日の八つ半頃、その二人はまったく違うところで仕事をしているのがわかったからだ。

太兵衛は揉め事など起こしていなかった。人から恨まれてもいなかった。また、太兵衛は奉公人たちとも良好な関係を保っていた。番頭や手代をはじめ女房子供も、太兵衛が殺された理由がわからないと言っている。

「上田屋と沢村さんとの関係もありませんでした」

小一郎は言葉を添えた。

そういう小一郎に島田が黒い顔を向けてくる。

「頭のおかしくなったやつが上田屋を殺したということもあるかもしれぬ。世間には意味もなく人を殺すやつがいる。だが、その殺された上田屋の横に沢村殿が倒れていた。それは曲げることのできぬ事実だ」

「たしかに……」

「下手人は沢村殿も殺すつもりだった。だが、殴りつけて倒れたので、それで沢村殿が死んだと思った」

「もし、富蔵という男が沢村さんに恨みを抱いていたとしたら、それ以前に沢村さんと何らかの関係がなければなりません。そうであれば、沢村さんは当然富蔵に気づいていたでしょう。しかし、沢村さんは富蔵のことを知らなかった。そうですね」

「うむ」

島田はそのままむっつりと黙り込んだ。

小一郎も言葉を控えた。似たようなやり取りを、もう何度もしている。

店の者が空いた器を下げに来た。みんなはそれを黙って見るともなしに見ていた。

すでに日が暮れ、表の闇は濃くなりつつあった。

「引きあげるか。一晩寝れば、また何かいい知恵が浮かぶだろう」

島田はそう言って、店の者に勘定だと告げた。

「どうするのだ、今夜も泊まりか？」

店の表に出ると、島田が聞いてきた。

「またこっちに通ってこなければなりませんので、泊まりにします」

小一郎が答えると、

「さようか。では、また明日だ」

島田はそのまま、六兵衛を連れて歩き去った。

「旦那、どうするんです？　あっしらも引きあげますか……」

八州吉が聞いてくる。小一郎は思案《しあん》げな目をあたりにめぐらした。

竪川《たてかわ》沿いの河岸道《かしみち》には、料理屋や居酒屋の行灯のあかりがあった。対岸の町屋にも同じようなあかりがあり、人の影が黒くなっている。

舟提灯をつけた一艘の猪牙舟がすぐ目の前を過ぎ、二ツ目之橋《ふたつめのはし》をくぐっていった。

「そうだな。引きあげるか。調べることは調べている。また明日にしよう」

小一郎は軽い疲労感を覚えていた。そのまま河岸道を歩く。先に去った島田の姿はもう見えなかった。

本所方の同心である小一郎が、八丁堀の自宅屋敷に帰るのは三日に一度ぐらいだ。それ以外の日は、亀沢町《かめざわちょう》にある御用屋敷に泊まっている。御用屋敷は本所方の与力・同心のための、いわば出張所だった。

「富蔵か……」

小一郎は、そうつぶやいて小さく舌打ちした。

「それにしても、おかしなことです」

八州吉が言う。小一郎は歩きながら八州吉を見る。

「なぜ、下手人は上田屋を殺した蔵に沢村さんを誘い出したんでしょう。沢村さんを上田屋殺しの下手人に仕立てるためだったとしたら、間が抜けていると思うんですがね」

「うむ、そうなのだ。あの蔵に上田屋太兵衛が入ったのを見た者はいなかった。そして、他の人間が入るのを見た者もいなかった。上田屋太兵衛を殺した下手人は、手抜かりのない企《くわだ》てをしていたということになる」

「上田屋を殺すのが目あてだったのなら、わざわざ沢村の旦那を誘い出す必要はなかったはずです。それなのに、富蔵という男に沢村さんは誘い出されています」

「……うむ」

小一郎は腕を組んで、空に浮かんでいる寒々とした蒼《あお》い月を仰《あお》ぎ見た。

「八州吉、どうするんだ。おれに付き合って泊まっていくか」

「そのつもりです」

御用屋敷には小者や中間の寝間はない。寝起きするのは詰所《つめしょ》だ。仕事熱心な八州吉は今夜も寒い詰所で一晩過ごすことになる。

「熱いのを引っかけて休め」

小一郎は歩きながら八州吉に心付けをわたした。

「いつもすいません」

亀沢町にある御用屋敷に来たときだった。

「旦那、旦那……」

と、息せき切って駆けてくる男がいた。

「いかがした？」

小一郎が立ち止まって男を見ると、本所松井町《まついちょう》一丁目の自身番に詰めている万《まん》治《じ》という番人だった。

「へえ、旦那が捜していた富蔵という男が見つかったんです」

「なにッ」

小一郎は目を光らせた。

「それが死体《ほとけ》で見つかったんでございます」

六

本所松井町一丁目の自身番に、富蔵の死体はすでに運ばれていた。

「こいつが……」

小一郎は筵《むしろ》をめくり、提灯のあかりでよくよく死体の顔をたしかめた。伝次郎から聞いた人相と似ている。体つきも、年恰好もそうだ。

「どうしてこの男が富蔵だとわかった？」

小一郎は番人の万治を見た。万治は書役の収《しゅう》右《え》衛門《もん》を見る。

「見つけたのが、同じ長屋の羅宇《ラウ》屋だったのです。この死体は二月《ふたつき》前までその長屋に住んでいたらしいのです」

親方と呼ばれる書役の収右衛門は、そこにいる人がそうですと視線を移した。戸口の外に、頭に手拭いを巻いた男が立っていた。そばに道具箱を置いている。

「富蔵に間違いないんだな」

「間違えようがありません。あっしはよく世間話をしていましたし、富蔵さんの煙管を掃除したこともあります」

羅宇屋は古くなった煙管の羅宇を新品にすげ替えたり、脂《やに》で詰まっている羅宇を掃除したりするのが商売だ。羅宇とは、雁首《がんくび》と吸い口の間にある煙道部分である。竹製のものが多いが、金属製のものも出まわっている。

富蔵の死体を見つけた羅宇屋は、孫助《まごすけ》という名だった。

小一郎は死体をよくよくあらためた。腹をひと突きされているが、深く抉《えぐ》られているのがわかった。残忍な殺し方だ。

「見つけたのはいつだ？」

「ついさっきです。小半刻とたっちゃいません」

小一郎が島田とそば屋にいる頃だ。

「見つけた場所を教えてくれ」

「へえ、石揚場の……」

「案内するんだ」

小一郎が立ちあがって遮《さえぎ》り、孫助に案内させた。番人の万治もついてくる。みんなは自身番にあった提灯をそれぞれ手にしていた。

そこは一ツ目之橋《ひとつめのはし》の南詰めからいくらも行かない場所で、本所弁天門《べんてんもん》前の南外れだった。

「あっしはあっちのほうから歩いてきまして、道にうずくまったように倒れている人がいるんで、どうしたんだろうと思って声をかけたんです」

案内をした孫助は安宅の通りの東のほうを指さし、それから富蔵が倒れていたあたりに提灯のあかりを向けた。血を吸った地面がたしかにあった。

「そのとき、富蔵は死んでいたか？」

これは大事なことだ。小一郎は孫助を見る。

「死んでいました。でも、ちょっと目を開けたんで、そのときに死んだのかもしれません」

おそらく孫助は、富蔵が刺されてほどなく見つけたのだろう。

「そのとき、近くに誰かいなかったか？　あるいは、おまえとすれ違った者とか……」

「いなかったと思います。あっしはびっくりして、それから誰か助けを呼ぼうとまわりを見ましたが、誰もいませんでした。とにかくこりゃあ大変だと思って、番屋に駆け込んだんです」

孫助は言葉を足す。

「旦那、わたしが死体に触れたときはまだ温かかったです」

小一郎は富蔵が殺された時刻を推定した。おそらく六つ頃だ。

「孫助、富蔵のいまの住まいを知っているか？」

「いいえ。でも、大家に聞けばわかると思います」

「その大家はどこに住んでいる？」

「長屋のすぐそばです」

「案内してくれるか」

「へえ」

孫助が案内をする間に、小一郎は富蔵の仕事や普段のことを聞いた。だが、孫助が知っていることは少なかった。富蔵はとくに仕事をしているようではなかったが、まわりの者には反物《たんもの》の仲買だといっていたらしい。

しかし、そんな男には見えなかったと孫助は言う。

「商売人ならそれらしい恰好をしますが、あの人はその辺の遊び人のようにしか見えませんでした。何をして暮らしているのかと、長屋の連中でこっそり話をしていたんです」

「長屋の連中との付き合いはあったのか？」

「とっつきにくそうな人でしたが、挨拶《あいさつ》をしたり、短い立ち話ぐらいでしょうか。

あっしは羅宇を替えたことがあるんで、それでときどき話をしていましたが……」

「富蔵を訪ねて来る者はどうだ？」

「いませんでした」

孫助は女の訪問客もなかったと付け加えた。それに富蔵の過去も知らなかった。

大家は文助《ぶんすけ》という五十過ぎの白髪《しらが》の老人だった。長屋は本所相生町《あいおいちょう》四丁目で、文助は長屋のすぐ近くに住んでいた。

「富蔵さんはたしかにうちの長屋にいましたが、どこへ越したかはわかりません。それにしても、殺されたというのはほんとうですか？」

文助は小さな目を見開いて小一郎を見る。

「富蔵の仕事はわかるか？」

「反物の仲買と言っていましたが、あたしゃあんまり信用していませんでした。そんなふうに見えませんでしたからね。でも、本人がそう言うんですから信じるしかありません」

「昨年の暮れに富蔵は越したようだが、なぜ行き先がわからぬ？」

「そこまで聞くことは滅多にありません。わたしだって知りたいんですけど、黙って越していったんですから……。家賃も三月《みつき》たまっていたんですよ」

大家の文助からも、下手人につながる話は聞くことができなかった。

「島田の旦那に知らせなきゃなりませんね」

文助の家を出てから八州吉が言った。

「あとで、番屋の者を走らせよう。今夜のうちに知らせておかないと、島田さんに文句を言われるのは目に見えている」

「そうですね」

むっつりした顔で答える八州吉は、なんとなく島田元之助を敬遠しているふうである。じつは小一郎も、島田にしっくりしないものを感じていた。

その原因は何だと訊ねられても、はっきり言うことはできないが、島田には人を突き放す雰囲気がある。

「島田さんにも知らせなければならんが、沢村さんに富蔵の顔を見てもらわなければならん」

伝次郎は昨日、富蔵に会っている。本人だというのを確認させる必要がある。

「これから知らせますか？」

聞かれた小一郎は一度夜空を見てから、

「明日の朝でもいいだろう。それから、上田屋の奉公人らにも死体の顔を見てもらう」

と、答えた。

七

伝次郎は〝慎〟という謹慎の身の上なので、外出は極力控えなければならないが、監視するように見張りをする者もいなければ、門戸を閉じる必要もない。

〝慎〟は名目上の謹慎であり、よくよく反省すべしという程度で、神経質になって自宅にこもる必要はなかった。もっとも解釈には多少の差異はあるのだが、奉行の筒井は門戸を閉じる閉門《へいもん》や自宅にこもる逼塞《ひっそく》は命じていなかった。

そうはいっても、伝次郎はできるだけ表には出ないようにしている。

その朝は、亀島橋の袂《たもと》に置いている自分の猪牙舟を見に行き、舫《もや》いの締まり具合をたしかめ、淦《あか》を掬い出した。久しぶりに棹《さお》をつかむと、舟を出したい衝動に駆られたが、もちろん、そんなことはしなかった。

家に戻ると、庭にたたずみ、昇りはじめた日の光を受ける雲を眺めた。鳥たちがさえずり、空には鳶《とび》が舞っていた。

これといってやることはない。頭の隅には、上田屋の主殺しの一件がありはするが、いまの伝次郎は一切関与できない。昨日はおのれの不覚を憤《いきどお》ったが、それも一晩寝たせいか薄れていた。

（今日は何をしよう）

じっとしていることの苦手な伝次郎は思いをめぐらすが、すぐにいい考えは浮かんでこない。

与茂七に請《こ》われている剣術の稽古をつけるかと、ふと思い、今日はそうしようと家のなかに戻った。台所で千草が立ち仕事をしていた。

「舟は無事でしたか」

手拭いを姉さん被《かぶ》りした千草が顔を向けてくる。

「うむ。何もない。あったら困る」

「それはそうです。食事はもう少しお待ちください」

「どこぞへ出かけるわけでもないので、ゆっくりでいい。与茂七はまだ寝ているのか」

伝次郎が千草に応じて座敷にあがると、与茂七が生欠伸《なまあくび》をかみ殺しながら、あてがっている部屋から出てきた。

「あ、旦那さん、おはようございます。ずいぶん早いですね」

「おまえが遅すぎるのだ。早く顔を洗ってこい」

「はい」

与茂七はひょいと首をすくめ、そのまま玄関に向かったが、伝次郎がすぐに呼び止めた。

「何でしょう?」

「今日も日傭取りの仕事はないのだな」

与茂七はときどき日傭取りに出ている。

「今日は休みです」

「しばらく暇だ。稽古をつけてやる」

伝次郎が素振りの真似をして言うと、眠たげだった与茂七の目がぱっと輝いた。

「ほんとうですか。よろしくお願いします！」

与茂七はさっと一礼すると、小躍りするように表に飛び出していった。

伝次郎は千草の膳拵《ぜんごしら》えを待つ間、久しぶりに刀の手入れにかかった。刀を使うことは滅多《めった》にないが、暇なときに手入れをしておく必要がある。

大刀は井上真改《いのうえしんかい》、直刃《すぐは》の二尺三寸四分（約七一センチ）だ。あかるい日の光にかざすと、精美《せいび》な地鉄《じがね》に波が大きくうねるような刃文《はもん》がきらきらと輝きを放った。

目釘《めくぎ》、茎《なかご》、鎺《はばき》と細かい部分まで丹念にあらため、油を差したり拭いたりした。そうやっているうちにまた、自分を上田屋の蔵に連れて行った富蔵の顔が甦《よみがえ》る。

（あやつ、いったい……）

またもや疑問が鎌首《かまくび》をもたげてくる。しかし、粂吉に探らせているので、その結果を待つだけだと自分に言い聞かせる。

刀の手入れが終わったときに、千草が茶の間から声をかけてきた。朝餉《あさげ》の支度ができたのだ。水汲みをしていた与茂七もいっしょに並んで膳部《ぜんぶ》の前につく。

「おかみさん、今日は旦那さんに剣術の手ほどきを受けるんです」

飯をよそった茶碗を受け取りながら、与茂七が嬉しそうな顔で言う。

「よかったわね。しっかり教えていただきなさい」

「はい。では、いただきます」

現金な返事をした与茂七は飯をかき込む。

「ごめんください。朝早くに申しわけありません」

玄関から訪《おとな》いの声が聞こえてきた。

「あ、おれが出ます」

与茂七が茶碗を置いて玄関に向かった。伝次郎は粂吉だと思った。漬物をつまみ、飯を口に入れたとき、与茂七が戻ってきた。

「旦那さん、八州吉さんという人です。急ぎの用があるそうです」

「八州吉……」

伝次郎は短く考えたが、広瀬小一郎の小者の顔しか頭に浮かばない。そのまま玄関に行くと、やはりそうであった。

「いかがした」

「へえ、旦那を上田屋の蔵に連れていった富蔵が殺されたんです」

「なんだと」

伝次郎は目をみはった。

「いつのことだ?」

「昨夜です。それで、うちの旦那がたしかに富蔵かどうか顔検分《けんぶん》をしてもらいたいというのですが、これからごいっしょ願えませんか」

「どこへだ?」

「本所です。松井町の番屋に死体は置いてあります。この時季ですから、すぐに腐りはしないでしょうけど、早いほうがよいので……」

「行くのはかまわぬが、おれはいま謹慎の身なのだ」

「は……」

八州吉は目をしばたたく。

「お奉行より〝慎〟を申しつけられたのだ」

「それは困りましたね。まさか、死体をここに運んでくるわけにはいきませんし……」

「おれが〝慎〟になったのを広瀬と島田は知らぬのか?」

「知らないはずです。あっしもいま知ったばかりですから」

伝次郎は短く思案した。死体の顔検分は重要である。そして、伝次郎は上田屋太兵衛殺しに関与している富蔵のことを知っている。

「おれのことは広瀬が呼んだのか、それとも島田か?」

「広瀬の旦那です。島田の旦那は今頃番屋に向かっているはずです」

伝次郎は考えた。自分が行かないと二人は困るはずだ。

「よし、少し待っておれ」

伝次郎はすぐに引き返すと、食事中の与茂七に声をかけた。

「これから本所へ行く。おまえもついてこい」

「あなた、大丈夫なのですか……」

千草が見てきた。その目が禁を破っていいのかと問うていた。

「火急《かきゅう》のことだ。しかたない。与茂七、舟で行く」

伝次郎はそう言うと、急いで着替えにかかった。

第三章　掏摸《すり》

一

八州吉と与茂七を猪牙舟に乗せた伝次郎は、舫いをほどいて棹をつかんだ。すっと視線を空に向ける。雲はあるが青空が広がっている。そして、風があった。

（大川は波立っているかもしれぬ）

伝次郎はくっと唇を結ぶと、棹先で岸壁を押した。すっと猪牙舟は亀島川のなかほどまで進む。川底に棹を突き立て、舳《みよし》を日本橋川《にほんばしがわ》のほうへ向けると、そのまま舟を出した。

日はすでに高く昇っている。

河岸道には人の姿があり、忙しそうに歩いている。道具箱を担いだ職人、箱物を背負っている行商人、侍や店者《たなもの》の姿もある。

江戸の町は常と変わらずに動き出している。

与茂七は此度の件に興味津々《しんしん》なのだろう。あれこれと八州吉に聞いている。八州吉はといえば、人が好いので差し障りのないように答えている。

伝次郎はその話を聞くともなしに聞きながら、殺された富蔵のことを考えていた。

どういう素性の男だったのか？　富蔵の背後には誰がいるのか？　富蔵と上田屋の関係はどうなっているのだろうか？　知りたいことは山ほどあるが、それは調べを進めている小一郎と島田元之助に教えてもらうしかない。

もう、事件から三日になる。大方のことはわかっているはずだ。

日本橋川を横切り、箱崎《はこざき》川に出、それから大川に入った。やはり、そうであった。満ち潮なのか、水量豊かな大川は普段よりうねりが強かった。

「つかまっておれ」

伝次郎は話をしている与茂七と八州吉に注意を与えると、棹から櫓《ろ》に持ち替えた。

これからは流れに逆らっての遡上《そじょう》である。棹を使って川を上るのは困難だ。

伝次郎が櫓を動かすたびに、ぎっしぎっしと櫓臍《ろべそ》が軋《きし》みをあげる。

風は冷たいが、伝次郎の体はすぐに汗ばんできた。額に浮かんだ汗が日の光を照り返す。

腰と腕の力を使って櫓を漕《こ》ぎつづけるが、岸辺にすがるようにして進む舟は鈍足《どんそく》である。

大川端の土手には雑草が勢いよく生えはじめており、白い猫柳《ねこやなぎ》や黄色い蒲公英《たんぽぽ》を見ることができる。

枯れた小枝に百舌《もず》が止まっていれば、流れのゆるやかな溜まりに真鴨《まがも》の群れがあった。

伝次郎はときどき櫓を漕ぐ手を休め、顔や首筋の汗をぬぐい、再び猪牙舟を走らせる。流れに乗って下ってくる材木船や、帆を下ろした高瀬舟があった。

伝次郎は大川を横切り、御船蔵《おふなぐら》の南端にある細い堀川に猪牙舟を乗り入れ、御船蔵前町《まえちょう》の河岸地に猪牙舟をつけた。

「ここから歩きだ」

伝次郎が舟を舫っている間に、与茂七と八州吉は河岸道にあがった。伝次郎も二人につづく。端折《はしょ》っていた着流しを元に戻し、襷《たすき》を外して懐《ふところ》にしまう。大小を腰に差して、富蔵の死体が置かれている松井町一丁目の自身番に入った。

茶を飲んでいた島田と小一郎が顔を向けてきた。

「おいでいただけましたか。慎《つつしみ》なのに申しわけないことです」

すでに伝次郎が謹慎処分を受けたことを知っているようだ。

島田は立ちあがって言ったが、伝次郎には皮肉にしか取れなかった。口の端に笑みを浮かべ、心の内を窺《うかが》わせない目をしている。

「顔検分しなければならぬだろう。だから来たのだ」

伝次郎が言葉を返すと、

「見てもらいましょう」

といって、島田が先に自身番を出た。

富蔵の死体は自身番裏に置かれていた。筵をかけてあるだけだ。

伝次郎はしゃがんで筵をめくった。そのままじっと死体の顔を拝む。

「いかがです？」

「この男に間違いない。富蔵と名乗って、おれを上田屋の蔵に連れて行った男だ」

伝次郎はしゃがんだまま島田を見て答えた。

「ご苦労さまでした。これではっきり富蔵であることがわかりました」

島田のその言葉が伝次郎には、「もうおまえは用なしだ」というふうに取れた。静かな怒りを肚の内に感じたが、くっと奥歯を噛んで抑え込んだ。

「上田屋の者にも顔検分はしたのだろうな」

伝次郎は立ちあがって島田を見た。答えたのは小一郎だった。

「すませましたが、誰も知っている者はいませんでした。つまり、店に出入りしたことのない男だったというわけです」

「他にわかっていることは？」

「去年の暮れまで二ツ目にある文助長屋にいたことがわかっていますが、そのあとはどこで何をしていたのか……」

小一郎はわからないという顔をする。

「二ツ目の何丁目だ？」

そう聞くのは、二ツ目というのは俗称で、相生町三、四、五丁目一帯を言うからである。近くに二ツ目之橋が架かっているからだ。

「四丁目です」

「仕事は？」

「大家や長屋の連中には反物の仲買と言っていたそうですが、その真偽《しんぎ》は定かではありません。みんな口を揃えて、そんな商売人には見えなかったと言いますので」

「富蔵と関わりのあった者がいるはずだ」

「沢村殿、その辺で勘弁してください。あとの調べは身共《みども》らでやりますので、お引き取りいただいて結構です」

島田が割り込んできた。

伝次郎はそのすました顔をにらんだ。きさまのせいで謹慎になったのだという言葉が、口から出そうになる。

「島田、おれは不意打ちを食らい害を受けた身だ。油断して不覚を取ったおのれを、深く悔いている。しかし、一度殺しの疑いをかけられた身だ」

その疑いをかけたのは、きさまだと言いたいが、心の内に留めておいた。

「お気持ちはお察しいたします。しかし、この一件は北町で預かっています。沢村殿からはすべてを聞き取りましたので、下手に関わられたら探索に差し障らぬともかぎりません」

「島田、おれが邪魔だというのか」

伝次郎は眉間《みけん》にしわを彫って島田をにらんだ。

「邪魔だというのではありません。助は大いに歓迎したいところですが、お奉行より慎を受けている方を頼みにするわけにはいきません。そんなことをすれば、自分の首を絞めることにもなります」

うまいことを言うやつだ。伝次郎は口を引き結んだ。

「さようか……。早く下手人を見つけてくれ」

伝次郎はそう応じて小一郎を見た。小一郎は申しわけなさそうに目を伏せた。

「沢村殿、下手人を捕縛したら、真っ先にお知らせします」

背を向けた伝次郎に、島田が声をかけてきた。

伝次郎は何も言わずにそのまま自身番を離れた。与茂七が急ぎ足で追いかけてくる。

「旦那さん、あの町方ずいぶんじゃないですか。気にくわねえな。なんであんな言い方するんだ。他に言いようがあるだろうに」

「放っておけ。ああいう同心もいるんだ」

「でも、旦那さんはわざわざ死体の顔検分しに来たんですよ」

伝次郎は立ち止まって、与茂七を振り返った。

「人はいろいろだ。御番所にもいろんな者がいる。臆病《おくびょう》なやつ、小賢《こざか》しいやつ、もちろん、務めに熱心な者がほとんどであるが、なかには変わり者もいる。世間もそうだろう。いちいち気にしていたら生きてはいけぬ」

「ま、そうでしょうが……」

与茂七は仏頂面《ぶっちょうづら》をした。

「帰るぞ。しかし、おまえを付き合わせて悪かった」

伝次郎は、場合によっては与茂七を助っ人にさせようかと考えていた。しかし、島田元之助とのやり取りで、それが無理だとわかった。

猪牙舟に乗り込んだ伝次郎は、棹をつかんで、ふっと嘆息《たんそく》せずにはおれなかった。

二

「旦那、待っていたんです」

自宅屋敷に帰ると、上がり框に座っていた粂吉が立ちあがった。

「話は千草さんから聞きました」

「何かわかったのか?」

「へえ、役に立つかどうかわかりませんが……」

「聞こう」

伝次郎は短く応じて座敷にあがった。

粂吉と向かい合うと、

「富蔵は殺されていた。昨夜のことだ」

と、伝次郎はまず口火を切った。

「知っています」

伝次郎は眉宇をひそめた。

「昨日の暮れ方、一ツ目之橋のそばが騒ぎになっているので、野次馬になったんです。見つけたのは孫助という羅宇屋でした」

「そうだ」

「それで孫助にあれこれ話を聞き、そのあとでやつが住んでいる文助長屋の住人にも話を聞きました。富蔵は去年の暮れに、その長屋を出ていますが、長屋の連中は誰もが富蔵の正体を知りませんでした」

「…………」

「ですが、知っている者がいたんです」

「誰だ？」

「長屋の者ではなく、近所に住む安太郎《やすたろう》という髪結いです。文助長屋に富蔵が越してきたときから知っていたと言います。富蔵は掏摸《すり》です」

「掏摸……」

「縄張りは浅草です。そっちをあたっていけば富蔵のことはわかると思うんで、いまあたりをつけているところです」

「富蔵と上田屋の関係は？」

「上田屋のほうは、いま手をつけるとまずいと思い、まだ何もしておりません。広瀬の旦那と島田の旦那が躍起《やっき》になって調べをしているところですから……」

条吉は心得たことを言う。

「それはもっともなことだ。それで、他にわかったことは？」

「いまはそれだけです。ですが、掏摸の仲間をあたっていけば、自《おの》ずと富蔵と関わっていたやつのことがわかるはずです」

「下っ引きを動かしているのだな」

「奥山を縄張りにしている徳蔵《とくぞう》という岡っ引きがいます。その下についている物売りです」

「世話をかける。おれはいま表だって動けぬ身だ。だからといって、指をくわえて見ているのも癪《しゃく》に障る。富蔵がどういう男だったのか、それだけでも知りたい」

「お気持ちお察しいたしやす」

「この一件は北町の島田と広瀬の受け持ちだから、あまり出しゃばった真似はできないが、やれることはやりたい」

「おっしゃるとおりで。それで、顔検分に行ってきたんですね。何かわかったことはありましたか」

「何もない。おれに声をかけてきたのが富蔵だということがわかっただけだ」

「そうですか……」

粂吉は悔しそうに唇を噛んでうつむき、すぐに顔をあげた。

「旦那、あっしがちょくちょく出入りするのはよくないのでは……」

「いや、人の出入りはそれほど咎められないはずだ。かといって、目立つようなことになると、またお叱りを受けるやもしれぬ。できれば日が暮れたあとにしてくれぬか」

「承知しました」

「粂吉、何かと物入りのはずだ。取っておけ」

伝次郎は懐から財布を出すと、そのまま粂吉の膝の上にのせた。

「いや、これは……」

「遠慮はいらぬ」

粂吉は短く躊躇《ためら》ったが、

「では、お言葉に甘えます」

と、頭を下げて財布をしまった。

「粂吉さん、お世話をかけますね」

千草が頃合いを見計らって茶を持ってきた。

「いえ。あっしだって、じっとしちゃいられない心持ちなんです。旦那はなおさらでしょうが……こんなこともあるんですね」

粂吉は茶を受け取って唇を噛む。

「言っておくが、決して無理はするな。おまえにまで迷惑をかけることになったら、目もあてられぬからな」

「旦那、ご心配なく。その辺は抜かりなくやりますんで……」

「頼むぞ」

伝次郎が答えると、千草も頼みますと頭を下げた。

粂吉は茶を飲むと、そのまま家を出て行った。

「粂吉さんが頼りですね」

千草が伝次郎を見て言う。

ちょうど、その頃だった。

場所は中之郷竹町《なかのごうたけちょう》の自身番。昼夜問わずその自身番には、家主と店番、そして番人が詰めており、また書役《かきやく》もいる。昔と違って町雇いなので、彼らは他の町役《ちょうやく》と交替で詰めて業務をこなしている。これは江戸の自身番のどこも同じである。

その自身番の書役は、頭の禿《は》げかかった久右衛門《きゅうえもん》という初老の男で、町に雇われてかなり長くその役目を務めていた。

近所の子供がふいっと戸口にあらわれたのは、九つ（正午）前だった。

「親方、大変なんです。この先の米屋さんに泥棒が入ったらしいんです。人を呼んで来てくれと言われたんですけど……」

書役はおおむね「親方」と呼ばれている。久右衛門は子供の顔を見て、

「米屋って、肥前《ひぜん》屋さんのことかい」

子供はくりっとした目で久右衛門をまっすぐ見て、そうだとうなずく。

「それは困ったね。有造《ゆうぞう》、伊八《いはち》、聞いただろう。ちょいとどんな様子が見てきてくれないか」

久右衛門は店番の有造と、番人の伊八を肥前屋に行かせることにした。

二人が軽い返事をして出ていくと、知らせに来た子供もどこかへ行ってしまった。

「どこの子だったかな……」

久右衛門は首をかしげて、子供のことを考えたが、すぐに帳面仕事に戻った。戸口に影が差したのはそのときだった。顔をあげると、ひとりの男が立っていた。顔の半分は昼間の日の光を受けているが、半分は影になっていた。

「何かご用で……」

「久右衛門てェのはあんただな」

男はくぐもったどすの利いた声で聞いてきた。

「へえ、さようですが、あんたは?」

「新五郎《しんごろう》さんを知っているな」

男は土間に入ってきた。いつも開け放しておく腰高《こしだか》障子を後ろ手で閉めたので、久右衛門は眉宇をひそめた。

「どちらの新五郎さんで?」

「浅草奥山の新五郎といやあ、ひとりしかいねえだろう」

久右衛門はぴんと来た。昨年の暮れにこの町の通りで盗みをはたらいた掏摸だ。

「ここで世話になったはずだ」

「あんたはあの新五郎の知り合いで……」

「知り合いも知り合いだ。このくそじじい」

男は牙を剝《む》くような顔で罵《ののし》ると、そのまま飛びかかってきた。久右衛門は逃げようとしたが、そのときには片手で喉を押さえられていた。抗《あらが》おうとしたが、腹のあたりに熱い感触があった。

「うっ……」

久右衛門は目を剝いて、相手の充血した顔を見た。刺されたというのがわかった。全身に恐怖が走り、逃げようとしたがもう力が入らなかった。

三

富蔵の人相書は、

——背五尺三寸　月代濃く痣あり　年二十七歳　見掛け三十前後　丸顔色黒く歯

並び乱れ見ゆ　団子鼻　目大きいほうなり

その他に、蝶《ちょう》の螺鈿《らでん》を施《ほどこ》した印籠《いんろう》を持っていたと書かれている。

広瀬小一郎はその人相書に、似面絵《にづらえ》を添えていた。

聞き込みは地道な作業である。しかし、二ツ目に住んでいた富蔵を見たり言葉を交わしたりしている者は少なくないはずだ。下手人捕縛の第一歩は、富蔵がこれまで何をしていたかを解き明かすことだった。

富蔵が住んでいた文助店の住人への聞き調べはほとんど終わっていたが、いまだによくわからなかった。

「旦那、富蔵は反物の仲買をしていたといいますから、どこの店の仲買をしていたか、それも調べなきゃなりませんが……」

そばについている八州吉が顔を向けてくる。

「わかっている。当然、調べなきゃならぬことだ。だが、どこの店と取り引きをしていたのか、反物をどこから卸《おろ》していたのか、それもわからぬ。それに、長屋の連中は富蔵が仲買だったということを疑っている」

「富蔵が嘘を言っていたとしても、調べなきゃなりませんからね」

八州吉はふうとため息をつく。

二人は南本所元町の茶屋で休んでいるところだった。目の前は広小路で、軽業《かるわざ》や口上《こうじょう》を述べてものを売る者たちがいる。怪しげな見世物小屋も多く、騙《だま》されるとわかっていてものぞき絡繰《からく》りや蛇遣《つか》いの店に入る物好きが絶えない。

「文助店の住人でまだ会えていないやつがいたな」

小一郎はふとそのことを思い出した。

「へえ、公次郎《こうじろう》という紙売りです。どうも女がいるらしく、そっちに泊まり込んでいるとかで……」

もちろん、小一郎もそのことは知っていた。

「公次郎か……今日あたり長屋に戻ってくればいいのだが」

「どこの何という女とくっついているのか、わかればいいんですがね」

八州吉は茶を飲んで、広小路の雑踏にふっくらした饅頭《まんじゅう》顔を向ける。ただ、その目は長年同心の手先となってはたらいているのでなかなか鋭い。

「島田さんは今日も上田屋か……」

「そのようです」

島田元之助は殺された上田屋の主・太兵衛と、そこそこの付き合いをしていた。おそらく役徳《やくとく》を得ていたはずだ。役徳とは、心付けや盆暮れの贈品があるのをいう。もちろん金も含まれる。

町奉行所の与力・同心にはそのような役徳がある。とくに外廻りの掛《かかり》は町人や商人とふれあう機会が多いので、それだけ実入りがあった。

これは小一郎も同じである。そういう副収入がなければ、やっていけないのが町奉行所の与力・同心だった。

だからといって咎められることはない。慣例となっている収入源だった。

「島田さんが躍起になって、上田屋に入念な調べを入れるのはわからなくもない。ま、そっちはあの方にまかせて、おれたちは聞き調べをつづけよう」

小一郎は冷めた茶を飲み干すと、そのまま立ちあがった。

「どこへ行きます?」

「横網町《よこあみちよう》の茶屋だ」

小一郎がそういうのは、文助店に住む大工が、その茶屋で休んでいる富蔵を何度か見かけたと証言したからだった。

茶屋の女が何か知っているかもしれない。そう思ってのことだ。手掛かりをつかむためなら、どんなことも見落とせない。

向かうその茶屋は南本所横網町の飛び地にあった。隣は津軽越中守《つがるえっちゅうのかみ》の蔵屋敷で、目の前はすぐ大川になっている。

風は少し強いがよく晴れた日で、鳶が気持ちよさそうに空を舞っていた。

富蔵がいたという茶屋は、横網町の北外れにあった。店の小女《こおんな》が風を嫌って葦《よし》簀《ず》をたたんでいるところだった。

「富蔵さんですか……はて、どんな人でしょう？」

小一郎に声をかけられた小女は目をまるくして、小首をかしげた。

「こういう顔だ。年は二十七だが、もっと上に見える」

似面絵を見せると、小女は気づいたらしく、口にはっと片手をあてて知っていると言った。

「ときどき、そこの床几《しょうぎ》に座って、わたしに声をかけてきた人です。たまに人相のよくない人といっしょのときもありました」

小一郎はきらっと目を輝かせた。

「その人相のよくない男の名前は？」

「それはわかりません」

「どんな男だった。顔つきや年恰好だ」

小女は少し首をかしげてから答えた。

「よくは覚えていませんが、見た目のいい人でした。年は三十ぐらいでしょうか。着こなしもいいし、髷《まげ》にもきれいな櫛目《くしめ》が通っていて……でも、なんだかやくざっぽい話し方をしていました」

「商売人か？」

「違うと思います。でも、どうでしょう……」

小女はやっぱりわからないと首をかしげた。

小一郎と八州吉は床几に腰掛けると、茶を運んできたさっきの小女にまた声をかけた。

「富蔵と、その男がどんな話をしていたか聞いておらぬか？」

小一郎はまっすぐ小女を見て聞く。

「さあ……」

やはり小女は首をかしげた。

「富蔵が最後にここに来たのはいつだ？」

「……三日前でしたか……」

「そのときも、さっきの男がいたとか」

「はい」

小一郎は考えた。三日前というと、上田太兵衛が殺された前の日だ。

「富蔵という人がどうかしたのですか？」

小女は目をしばたたいて聞く。

「じつは昨日、何者かに殺されたのだ」

小女はひっと息を呑んだ。

そのとき、川端沿いの道を駆けてくる者がいた。パタパタと草履《ぞうり》の音をさせ、ちょっと立ち止まって両膝に手をついて呼吸を整え、それからまた急ぎ足になった。

小一郎は「あれ」と、目をみはった。中之郷竹町の自身番に詰めている店番だ。

「有造、有造ではないか」

小一郎が声をかけると、男は顔を向けたとたん、目を見開いて、

「これはいいところで会いました。旦那、大変なことが起きたんです」

といって、近づいてきた。

「何かあったのか?」

「へえ、うちの親方が殺されたんです」

「なんだと」

四

中之郷竹町の自身番前には十数人が野次馬となっていた。

小一郎が自身番のなかに入ると、殺された書役の久右衛門にすがりつくようにして古女房が泣いていた。他にも非番だった書役と店番の顔があり、狭い居間に神妙な顔で座っていた。

「殺されたのはいつのことだ?」

小一郎はまわりにいる者たちを眺めて聞いた。答えたのは店番の有造だった。

「半刻《はんとき》（約一時間）ほど前です。あたしと伊八が留守をしたときの出来事です」

「子供がこの町の肥前屋に泥棒が入ったと知らせに来たんです。それで、親方があっしと有造さんに様子を見てきてくれって言ったんで、行ってみますと泥棒なんか入っていないと言われましてね」

番人の伊八が言葉を添えた。

「それで……」

小一郎は話の先をうながす。

「へえ、念のために肥前屋のまわりを見てからここに戻ってきたら、親方が……」

伊八は悔しそうに唇を引き結んだ。目を潤《うる》ませている。

「肥前屋というのは米屋か？」

「さようです」

有造が答えた。

「子供が呼びに来たと言ったが、どこの子供だ？」

聞かれた有造ははっと目をまるくした。ときどき近所で見かける子だが、どこの家の子かわからないという。伊八も同じようなことを言う。

「近所の子ならすぐわかるだろう。捜して連れてきてくれ」

小一郎はそう言って居間にあがった。

殺された久右衛門の顔には白布がかけられていた。そして、居間には血を吸った畳がまだ乾ききらずに生々しく湿っていた。

「有造」

小一郎は表に出ていこうとした有造を止めた。

「親方はどんな恰好で倒れていた？」

「仰向けです。腹のあたりが血でぐっしょり濡れていまして……」

「何か気づいたことはないか？」

有造は少し考えて答えた。

「肥前屋から戻ってきたとき戸が閉まっていたんで、おかしいなと思いました。あとは親方の使っている文机《ふづくえ》のあたりが荒らされたように乱れていました。筆と硯《すずり》が畳に落ちていて、帳面《ちょうめん》も落ちそうになっていました」

それ以外のことには気づかなかったという。伊八も下手人が落としていったようなものはなかったと付け加えた。

「子供を頼む」

小一郎はそう応じてから、久右衛門の体をあらためた。

首に絞められた痕があった。それから鳩尾《みぞおち》を深く刺されていたのがわかった。

「これじゃ、ひとたまりもなかっただろう……」

小一郎はため息を漏らしながら、傷口を注意深く観察した。すると、刺した人間の手の痕と思われるものがあった。刺したときに血がついたらしく、その痕が傷口の下にあったのだ。

「……これは」

「どうしました？」

八州吉がのぞき込んでくる。

「この傷だ。富蔵の刺し傷に似ていると思わぬか？」

言われた八州吉は久右衛門の腹の傷を見て、「そうですか」と、首をかしげた。

「富蔵も腹を刺されていた。それも抉《えぐ》るような刺され方だった。久右衛門も抉るように刺されている。傷の下に刺した下手人のものらしい手の痕があるだろう」

「そう言われれば……」

傷口下に、人の右手の指とその根元の関節と思われる痕がついているのだ。つまり拳骨《げんこつ》の頭と、その下のあたりの指痕である。

「すると、同じ下手人ということでしょうか?」

八州吉が顔を向けてくる。

「それはわからぬが……」

小一郎は考えるように腕を組んでから、上田屋太兵衛も腹を刺されて殺されていたというのを思い出した。しかし、そのときの傷を細かくあらためていない。

あの傷をたしかめたのは、検視をしにきた医者だった。原崎慈庵《はらさきじあん》だ。

小一郎は慈庵から話を聞かなければならないと思った。

「あの、いつまでこの人はここに……」

しくしく泣いていた久右衛門の女房が涙で腫《は》れた目を向けてきた。

「もうよい。殺されたのがいつか、死に至る傷が何であるかはわかった」

「では、連れて帰ります」

女房はぺこぺこ頭を下げて、戸口に立っている男たちを見て、

「手伝ってください」

といった。

知り合いか親戚の者と思われる男が、三人がかりで久右衛門の体を表に出し、戸板にのせて運んでいった。

いつの間にか野次馬も去って行き、自身番のなかには書役と店番が残った。この二人は久右衛門や有造らと交替で詰めている町役である。

子供捜しに行っている有造と伊八はなかなか戻ってこなかったが、小半刻ほどたってから伊八が、「見つけました」といって子供といっしょに戻ってきた。

子供は梅吉《うめきち》という同じ町内に住む大工の息子で、年は七歳だった。

「梅吉、そう怖がることはない。おじさんは何もしないから、おとなしく聞くことに答えてくれるかい」

小一郎は口の端に微笑を浮かべて、落ち着かなそうにもじもじしている梅吉に問いかけた。

「肥前屋に泥棒が入ったと知らせに来たそうだな。誰にそんな話を聞いたんだい？」

「知らないおじさん」

「いくつぐらいの人だった？」

梅吉は首をかしげる。

「おまえのおとっつぁんより、年上だったか、それとも下だったかい？」

「下だと思う。肥前屋に泥棒が入ったので、お駄賃《だちん》をやるから番屋に知らせてこいって言われたんです。だから、知らせに来ただけだよ」

「そうか、えらいな。で、その駄賃をくれたおじさんはどこの誰だい？　知っている人かい？」

梅吉は首を振って知らないと言う。

「商売人に見えたか、それとも侍だったかい？　どんな人だった？」

また梅吉は視線を動かして考えて答えた。

「よくわからない。でも、きれいな着物を着てて、鬢《びん》付けのいい匂いがした」

「どんな着物だった？」

聞き出すのに手間取ったが、梅吉に嘘の話を自身番に行ってするように言いつけた男は、斜《なな》め縞《じま》の濃紺の小袖《こそで》を着ていたようだ。顔は面長《おもなが》で目が細かったというだけで、あとのことはよくわからなかった。

「梅吉、今度その人を見たら、この番屋に来てそっと親方や店番に教えてくれないか」

梅吉は澄んだ黒い瞳を小一郎に向けながら、「うん」とうなずいた。

「八州吉、近所で聞き込みをする」

梅吉を帰したあとで、小一郎は立ちあがった。

五

雲が夕日に照らされ、緋《ひ》色や黄金《こがね》色に染まっている。その背後にはいまにも星を映し出しそうな紫紺《しこん》色の空があった。

伝次郎は縁側に座り、目の前で木刀を振りつづけている与茂七を見ていた。庭は狭いが、どうにか剣術の稽古ができる広さはあった。

「よし、それくらいでよいだろう」

伝次郎が声をかけると、与茂七が汗だくの顔を向けてきた。

「少しはよくなりましたか?」

そう聞いて、はあはあと荒い呼吸をする。

「少しずつだが、よくなってきた。だが、まだまだだ。腰が据わるようにならなければ、木刀をうまく振ることはできぬ。疲れてくると、木刀に振られている。そして、腕のみで振りはじめる。どんなに疲れても、足腰がふらつかないように鍛錬することだ。だが、まあよいだろう」

「ありがとうございます」

与茂七は行儀よく一礼して、顔や首筋の汗をぬぐう。

「湯屋にでも行くか？」

「はい」

与茂七は白い歯を見せて破顔《はがん》した。

伝次郎は謹慎の身の上だが、家の近所に出かける程度なら咎めを受けることはない。

与茂七へ稽古をつけるのはいい気晴らしであるし、暇つぶしになるが、それでも身を持て余す。

川口町にある湯屋に行くと、与茂七に背中を洗ってもらった。

「一足飛《いっそく》びに上達することなどないんですね」

与茂七が糠袋《ぬかぶくろ》を動かしながら言う。

「容易《たやす》くいけば誰も苦労はせぬ。日々の鍛錬を怠《おこた》らぬことだ。素振りがさまになり、足の運びをものにできるようになれ。さすれば、つぎのことを教えてやる」

「お願いします」

伝次郎は厳しいことを言うが、与茂七は思いの外筋《ほか》がよい。生まれ持った運動の才があるのだろう。きちんと鍛錬すれば、ものになりそうな気配を持っている。

しかし、剣術というのは面白いもので、基本ができあがっても、その先上達しない者もいる。逆に基本はそこそこだが、組み打ちなどをやると強い者がいる。練達《れんたつ》の者は、とはいっても、それから先さらに上達するかどうかはわからない。

日々の鍛錬を怠らず、地道な修業をつづける。

一定の力量がつけば、しばらく休んでも勘は鈍らない。しかし、その域に達するには、やはり地道な努力が必要だった。伝次郎はそのことをよくわかっているから、与茂七に徹底して基本を教えているのだった。

湯屋のなかは湯気でもうもうとしており、天井から湯しずくが落ちてくる。カランカランという湯桶の音がひびき、水を流す音がする。

「日傭取りは楽ではなかろう」

伝次郎は湯船につかって聞いた。

「へえ、それを考えていたんです。いつまでも居候じゃいけないなと思うようになりまして……」

「ほう」

意外だった。伝次郎は与茂七に顔を向けた。

「でも、あれこれ悩んじまうんです。おれは年も年だし、いまから奉公に出るわけにもいかないし、手に職をつけるにも遅すぎます。中途半端にやってきたからしょうがないんですけど、もう少し辛抱していたらと、ときどき思います」

「そう思うようになったか……」

「まあ、昔のことを悔いてもしかたないというのはわかりますが、てめえでてめえのことが情けなくなります」

「またまた、おまえにしては殊勝《しゅしょう》なことを……」

「ほんとうですよ。こう見えてもちゃんと先のことを考えてんです」

「あとさき考えず居候になったくせに、いまさらさようなことを……」

伝次郎は小さく笑った。

「からかわないでください。おれはおれで考えてんです。でも、いつもあとで悔いてばかりだというのはわかっています」

「それじゃ、悔いるのは今度で終わりにすることだな」

「そうですね……」

湯屋を出ると満天の星だった。

伝次郎は与茂七と並んで歩いた。背は伝次郎が少し高いぐらいだ。

「二十六だったな」

伝次郎は不意に思い出したように言った。与茂七が顔を向けてくる。

「おれは四十に手が届こうかというときに、船頭になった。おまえはさっき、手に職をつけるには遅いと言ったが、そうではない。その気になればできることはいくらでもある。船頭になれとは言わぬが、自分で何ができるかよく考えることだ。肚が決まるそのときまで、うちにいてよいから、じっくり考えろ」

「旦那さん……」

急に与茂七が立ち止まった。

「なんだ」

「おれ、旦那さんに会えてよかったです。それだけが救いです。いい加減なことばかりやってきましたけど、旦那さんとおかみさんに会えて、おれ、てめえのだらしなさが身にしみてわかってきたんです。ありがとうございます」

与茂七は目をうるませ、涙声になって頭を下げた。

「何だ何だ、急に……さあ、今夜はおれに一杯付き合え」

伝次郎は与茂七を励ますように肩を軽くたたいた。

家に帰ると、千草が湯豆腐を作っていた。

伝次郎と与茂七は向かい合って、盃を交わした。

「千草、たまにはどうだ」

伝次郎は銚釐《ちろり》を手にして、千草に酒を勧める。

「そうですね。わたしもいただきましょうか」

酌を受けた千草は、やっぱりお酒はおいしいと、うっとりした顔をする。その様子を見て、与茂七がくすくす笑う。

「おかみさんもいける口なんですね。飯屋をやっていたときも、酒を出していたんですか？」

与茂七が千草を見て問う。

「出していたわ。伝次郎さんは毎日のように通ってみえて……」

「いい客がついていたな。気のいい職人が多かったけど、ずいぶん遠い昔のような気がする」

伝次郎が言えば、

「わたしもときどきそう思うんです。でも、去年の今頃は店をやっていたんですよ」

と、千草がほっこりと笑《え》む。

「そうであった」

「おれも行きたかったな。おかみさん、またやればいいのに」

与茂七の何気ない一言だったが、千草ははっと目をみはって、

「じつは……」

と、口をつぐんだ。

「何だ？」

伝次郎は千草を見た。白い頬がほんのりと赤くなっていた。久しぶりなので酒のまわりが早いのかもしれない。

しかし、千草は言いかけたことを否定するように首を振り、

「いいえ、ちょっと考えていたことがあったんです。与茂七の向後《こうご》のことですけど……」

と、誤魔化《ごまか》すように言いつくろった。伝次郎はそのことがわかったが、

「どんなことだ？」

と、問うた。

「おれも聞きたいです」

と、与茂七も身を乗り出すようにして言う。そのとき、玄関に訪《おとな》う声があった。

「粂吉です。お邪魔してもよろしゅうございますか」

再びの声に、千草が腰をあげて玄関に向かった。

粂吉はすぐに茶の間の前にやってきた。伝次郎はその顔を見て、何かあったなと思い、

「話を聞こう」

と、すぐに腰をあげた。

六

奥座敷で向かいあうなり、粂吉は口を開いた。

「富蔵が掏摸だったのはたしかですが、やつの面倒を見ていた男がいました」

「誰だ？」

「駒岡《こまおか》の金三郎と呼ばれている男です。こいつも掏摸だったらしいんですが、早くに足を洗って商家奉公に出ています。どこに奉公したのか、まだわかっていませんが、ときどき富蔵とうろついているのを見たというやつがいます。それも最近のことです」

「その金三郎の居所は？」

「これから調べなきゃなりませんが、金三郎は浅草の掏摸仲間とはあまり付き合いがありません。早くに足を洗っているからだと思いますが……」

「駒岡の金三郎……」

伝次郎は部屋の隅にある行灯を眺めながら記憶の糸を手繰《たぐ》ったが、

「おれの知らない男だな」

と、言った。

「それから富蔵が住んでいた長屋がわかりました。二ツ目の文助店を出たあと浅草猿屋町《さるやちょう》の清左衛門《せいざえもん》店という長屋に移っていました。ただし、富蔵が借りた家ではなく、ほんとうの借主は忠次郎《ちゅうじろう》という男です。何でも忠次郎が半年ほど留守にするので、その留守を預かる按配《あんばい》だったようで……」

「忠次郎も掏摸か？」

「そうです。上方《かみがた》に何をしに行ったかそれはわかりませんが、大方向こうで〝稼ぎ〟をやるためでしょう。忠次郎は何度か捕まりそうになっているらしく、そのほとぼりを冷ますためだと思われます」

「捕まってはいないんだな」

「目をつけられているようです。どの旦那が忠次郎に目をつけているのか、それはわかりませんが……」

「それなら、おれのほうで調べよう。おそらく定町廻りに目をつけられているはずだ」

「そうしていただければ、はかが行きます」

「うむ」

伝次郎は煙草盆を引き寄せて、煙管をつけた。

掏摸は現行犯でなければ捕まえることができない。そのために掏摸の多くは、一度町方に目をつけられると、ことのほか警戒心を強くし、しばらく〝仕事〟から手を引く者が多い。用心深い掏摸は足を洗ったと仲間に触れまわることさえある。それは、掏摸のなかに町方の手先になって動く者がいるからだ。

掏摸は一度捕まっても厳しく咎められない。その多くは入墨《いれずみ》と敲《たた》きの刑を受けて放免《ほうめん》だ。それは盗まれるほうにも油断があるからだという、おかしな道理から来ている。

しかし、二度目は増入墨のうえに江戸払い。三度目も同様であるが、四度目になると、逃げ道のない死罪である。つまり、仏の顔も三度までということだ。

煙管を吹かしながら短く思案した伝次郎は、忠次郎に目をつけている同心のことを、松田久蔵《まつだきゅうぞう》に調べてもらおうと考えた。

かつての伝次郎の先輩同心で、いまは組の年寄役である。与力・同心はそれぞれに役掛《やくがかり》があるが、町奉行所内では一番組から五番組まで人員の振り分けがある。これを組役といい、内役《うちやく》・外役いずれの与力・同心もその組に振り分けられる。

松田久蔵はその同心組のなかの長になっていた。

（松田さんなら力を貸してくれるはずだ）

伝次郎はそう思った。

「それで、もうひとつ耳に入れておくことがあります」

粂吉が伝次郎の思量を遮った。何だという顔を向けると、粂吉は言葉をついだ。

「本所でまた殺しがあったんです」

「なにイ……」

「それも真っ昼間の出来事です。殺されたのは中之郷竹町の番屋の書役です。詳しいことは聞いてませんが、広瀬の旦那がそっちに出張《でば》っています」

「広瀬が……それじゃ上田屋のほうはどうするんだ？」

「島田さんが専一《せんいつ》の掛になるんでしょうが、同じ本所のことですから、そっちも受け持つんじゃないでしょうか」

「下手人は？」

「まだわかっていないようです」

「まさか、そっちの件と上田屋につながりがあるというのではなかろうな」

「それはどうでしょう。しかし、真っ昼間に番屋での殺しというのは驚きです」

「しかも書役を……」

伝次郎はため息をついた。広瀬と島田の探索はこれで多忙を極めることになる。そして、人手も不足するはずだ。

伝次郎はそんな二人のことを慮《おもんぱか》って、うまくことの真相がわかればいいがと思った。

「旦那、何か困っていることはありませんか。あっしにできることでしたら何でもやりますが……」

「かたじけない。その気持ちだけで十分だ。それにしても、よくわからぬのだ」

「何でしょう」

伝次郎は吸い殻を灰吹きに落として答えた。

「富蔵がなぜおれをあの上田屋の蔵に連れて行ったかということだ。さらに、おれを下手人に仕立てようとした。おれは上田屋との付き合いはないし、富蔵にも初めて会ったのだ。おれが気づかぬところで恨みを買っていたのかもしれないと思い、そのことをよくよく考えてみたが、まったく心あたりがない」

「たまたま旦那に声をかけたというのでは、あまりにも行きあたりばったりですからね」

「うむ、おそらく何か裏があると思うのだが、それがよくわからぬのだ」

「とにかく、もう少し富蔵のことと駒岡の金三郎という男のことを調べてみます」

「金三郎のことを島田と広瀬は知っているのだろうか？」

「それはわかりませんが、おそらくそこへは辿り着いていないと思います。あっしの下っ引きは何も言っていないんで……」

下っ引きは岡っ引きの手先となって動く助っ人だが、条吉もそれなりに下っ引きを動かすことができる。その下っ引きは行商人だったり、易者《えきしゃ》だったり、橋番《はしばん》だったりと正業に就いている者がほとんどだ。

取り締まりを受ける側からすれば厄介な存在なので、それが誰であるかは秘密になっている。よって、伝次郎も条吉がどんな下っ引きを使っているか詳しくは知らないし、聞かないのが礼儀だった。

「世話をかけるが、よしなに頼む」

伝次郎は短く考えをめぐらしたあとで、条吉に顔を戻した。

「へえ」

七

松田久蔵と連絡《つなぎ》を取るために、伝次郎は与茂七を使いに出した。

条吉から中之郷竹町の自身番に詰めていた書役が、何者かに殺されたという話を聞いた翌日のことである。

久蔵は忙しいらしく、その日にはやってこなかったが、翌《あく》る朝早く、供もつけずにひとりでやってきた。

「話は聞いていた。まさかおぬしが不覚を取るとは思いもしないこと。聞いたときには驚いたが、怪我がなくてよかった」

座敷で向かい合うと、久蔵はそう言って、茶を運んできた千草に、

「千草殿もさぞや心配されたろう」

と、思いやる。

「いえ、この方は悪運の強い人ですから……」

千草は目を伏せて応じる。

「悪運が強いのは昔からだ。なあ、伝次郎」

「さあ、それはどうでしょう。運に見放されたこともずいぶんあります」

「あ、そうであったな。これはおれとしたことがしたり……」

久蔵は苦笑いをして茶に手をつけた。

苦笑したのは伝次郎の不幸を知っているからだ。妻子を殺されているし、仲間の同心に累《るい》が及ばないように、自らその責任を負い辞職したという過去がある。

茶を口にした久蔵を見た千草は、どうぞごゆっくりと言って下がった。

「それで、何か話があるのだろうが、慎を受けているそうだな。聞いたときに、またこれはと心配をいたし、訪ねてこようと思っていたのだが、謹慎中であればしばらく遠慮すべきだろうと考えていたのだ」

「あいすみませぬ。おのれの不覚以外の何ものでもありません。慎ですんでよかったと思っています」

「不覚を取ったとはいえ、おぬしに非はなかったのではないか。たまさか、北町が出張ったからそうなっただけであろう。お奉行もそのことはよくわかっていらっしゃるはずだ」

「いまは身を律するのみです」

「それで、何だ……？」

久蔵がまっすぐ見てくる。とうに五十の坂は越しているが、渋みのあるいい顔つきだ。しかし、年相応に鬢に霜を散らし、顔のしわも深くなっていた。

「本所にある上田屋の一件はご存じでしょうが、わたしの身に降りかかったことでもあるので気にかかっているのです」

「当然であろう」

「調べにあたっているのは北町の広瀬と島田です」

「知っている」

「その二人の邪魔をするつもりなど微塵《みじん》もありませんが、わたしなりに粂吉を使って密かに探りを入れています」

「うむ」

「それでわかったことがあります。わたしを上田屋の蔵に誘い込んだ富蔵という男のことです。やつは三日前に何者かに殺されていますが、住んでいた長屋から去年の暮れに越しています。越した先は浅草猿屋町の清左衛門店でした。忠次郎という掏摸の家です。その忠次郎は上方に行っています。その留守をあずかる形で富蔵は居候していたようなのですが、忠次郎のことを知りたいのです」

「ふむ」

「忠次郎が上方へ行ったのは、町方に目をつけられたからのようなのです」

「ほう」

「忠次郎に目をつけたのが誰であるか知りたいと思い、その相談です」

「さようなことであったか。おそらく外役の同心だろうが、調べるのは容易《たやす》いことだ。すると、忠次郎のことがわかれば、さらに富蔵のことを深く知ることができるというわけだな」

久蔵は伝次郎の心の内をすぐに見透かした。

「上田屋の一件に忠次郎は関わっていないでしょうが、もつれている糸を手繰るように調べるしかありませんので……」

「わかったらいかがする？」

「広瀬に教えたいと考えています」

「手柄をわたすということか。おぬしらしいことだ。うむ、わかった。そのこと、早速にも調べてみよう」

「お手数でしょうが、よろしくお願いします」

「さようなこと、気にすることはない。ところで、居候の与茂七をどうする気なのだ。手先にでも使うつもりか」

「いえ、そのつもりはありません。鼻っ柱の強い与太者《よたもの》でしたが、根はいいやつなので、まっとうな仕事に就けようと考えています」

「なかなか目端《めはし》が利《き》くようではないか」

「浮わついたところがなくなればよいのですが……」

「面倒見がよいな。ま、忠次郎の件は、わかった」

久蔵はそのまま腰をあげた。

相談を受けて帰った久蔵からの連絡はすぐにあった。掏摸の忠次郎に目をつけていたのは、南町奉行所の定町廻り同心・宗像平三郎《むなかたへいざぶろう》だった。

伝次郎と昵懇《じっこん》にしていた故・中村直吉郎《なかむらなおきちろう》の後輩同心であるから、宗像は伝次郎のこともよく知っていた。

久蔵から話を聞いた宗像はすぐに伝次郎を訪ねてきた。

「忠次郎は掏摸もやれば、手頃な商家に入って盗みもやるという男でした。尻尾をつかもうと思っていたのですが、いつの間にか姿を見なくなりまして、上方へ行ったというのは今年の正月に知ったばかりです」

「忠次郎がどんな男なのか、詳しいことはわからぬか？」

「素性でしょうが、それは調べないとわかりません。沢村さんの頼みとあらば調べますが、他のことをやっていますので、少し暇をもらわなければなりません」

「手間だろうが、頼む」

「わかりました。できるだけ早く調べることにします」

「わざわざ足を運んでもらい、すまなんだ」

謹慎中の身で自由に動けないという伝次郎は、忸怩《じくじ》たるものを抱きながら過ごすことになったが、これも自分に与えられた試練だと考え、退屈な毎日を送るしかなかった。

宗像平三郎に頼み事をして二日たち三日たち、さらにまた三日たったが、返事はなかった。それに、粂吉の調べもあまり進んでいないのか、しばらく顔を見せなくなった。

さしてやることのない単調な日々を送るしかない伝次郎だが、あることに気づいた。

それは千草の変化だった。

第四章　人相書

一

代わり映えのしない毎日を送っている伝次郎は、暇を潰すのに苦労していた。庭仕事は与茂七が日傭取りに行かない日にやってくれるし、水汲みも薪割りもやってくれる。それにどういう風の吹きまわしか、伝次郎の大切な猪牙舟の手入れまでやるようになった。

他の家事は千草がやっているので、伝次郎は身の置き所がない。与茂七に稽古をつけているときは唯一余計なことを考えなくてすむが、ときどき千草の様子がおかしいことに気づいた。

千草は本来あかるくて、男勝《まさ》りの気っぷのよさを持ち合わせている。一方で慎み深いところもある。それは御家人《ごけにん》の娘ということと、武家奉公で培《つちか》ったものだ。

それに、生き生きとしているのが本来の千草である。伝次郎と面と向かって話すときは常と変わらないが、繕い物をしたり洗濯物の整理をするときなど、ふと淋しげな顔をするし、小さなため息さえつく。

（どうしたのだ……）

伝次郎はそう思うが、しばらく様子を見ていた。しかし、気にしはじめると、どんどん気になってくる。

これではいかぬと思い、与茂七が朝早く日傭取りに出かけたあとで、

「千草、たまにはいっしょに茶でも飲まぬか。今日は天気がよくて気持ちよい。鶯《うぐいす》の声も聞こえるようになった」

と、日当たりのよい座敷にいざなった。

伝次郎が先に縁側に近い場所に座ると、間もなく千草が小盆に茶をのせてやってきた。

「毎日、体を持て余して退屈でございましょう」

千草が茶を差し出して言う。

「まあ、そうだな」

伝次郎はそう応じてから茶を飲み、よく晴れた空を眺めた。どこからどう切り出そうかと考える。

「今年の春は雨が少ないな。それでも庭にはちゃんと花が咲いている。葉を落としていた木にも若葉がついたり、芽が出たりだ」

「めずらしいことをおっしゃいます」

千草はおかしそうに笑みを浮かべた。伝次郎はその顔をまっすぐ見つめた。あかるい日の光を受ける瓜実顔《うりざね》が輝いている。

「この前、何か言いかけたことがあったな」

千草は目をしばたたいた。

「湯上がりに湯豆腐を作ってくれたことがあっただろう。あのとき、おまえは何かを言いかけた。何だと聞けば、うまく誤魔化した」

千草は浮かべていた笑みを消して、伝次郎を見つめ返した。

「退屈をしているのではないか。これまでとは違う暮らしになったからな。……それに与茂七が来て、やることが少なくなった。暇になればいろんなことを考える。いまのおれがそうだ。千草とて同じではないか、そんな気がするのだ」

千草は視線をそらした。

「何か思い悩んでいることがあるのではないか。遠慮はいらぬ、正直に申してくれ。心にためておくのは毒だ。何だ……」

千草はあきらかに躊躇っていた。膝に置いた手を少し動かして、柳眉《りゅうび》の下にある黒い瞳をまっすぐ向けてきた。

「たしかに身を持て余しています。わたしはずっとはたらいてきましたから、なおのことだとわかっています。でも、これを言ったら我《わ》が儘《まま》です。わたしは誰もが認める内縁の妻。あなたは御番所に戻られ、そしてお奉行様のご家来になりました。だから、わたしは武家の妻らしくしていなければなりません」

「息苦しいのではないか……」

「まさか、そんなことは一切ありません」

「さようか」

伝次郎は千草から視線を外して、日向《ひなた》に咲いている小さな蒲公英を短く愛《め》でた。

「千草、また、はたらきたいのではないか。そう思っているのなら遠慮はいらぬ」

そう言って顔を戻すと、千草は目をみはり、息を呑んだ顔をしていた。

「本気でおっしゃっているので……」

「冗談で、こんなことは言えぬ」

そのとたん、千草は尻を振りながら二膝下がって、両手をついて頭を下げた。

「嬉しい。わたしの思いを、ちゃんと察してくださっていたのですね。ありがとう存じます」

「よせよせ。他人行儀ではないか。おまえとて、おれの心の内をいつも察してくれているではないか。お互いさまだ、そうではないか」

伝次郎が微笑んで言うと、千草が顔をあげて目を潤ませた。

「どうして、あなたは……いえ、もう何も言いません。でも、いまのこと本気にしていいのですか？」

「おまえには暗い顔は似合わぬ。それに、そんな顔を見たくないのだ。いつも小気味よくはたらき、しゃきしゃきと話す千草が、おれは好きなのだ。店をやりたいならやるがよい。おれは何も言わぬ」

「それなら本気になって考えますわよ」

「よいとも」

千草は満面に笑みを浮かべて、

「一言いいですか？」

と、姿勢を正して畏まった。

「なんだ？」

「あなたに添ってきたのは、間違いではありませんでした」

言ったとたん、千草は頬を赤く染めた。

二

その日の夕刻、しばらく顔を見せなかった粂吉がやってきた。

伝次郎は座敷にあげて話を聞いた。

「……よくわからぬか」

富蔵とつるんでいたという、駒岡の金三郎を調べていた粂吉の話を聞いた伝次郎は、小さく嘆息《たんそく》した。

「金三郎が早くに掏摸から足を洗っているせいでしょう」

「掏摸仲間は若いやつらが多いからな」

伝次郎は腕を組む。

掏摸の多くは三十過ぎで引退する。理由は単純だ。それまでに一度や二度捕まってしまうからである。一度捕まり、敲き刑を受けてやめる者もいれば、二度目で懲《こ》りる者もいる。三度目になれば、もうあとはない。それに身のこなしも三十になると悪くなり、指先の動きも衰えていく。

「それで金三郎の年は？」

「三十ぐらいだと言います。それで、やつの人相書をあっしなりに作ってみました」

粂吉は気の利いたことをしていた。

金三郎の年齢は三十歳前後、細面《ほそおもて》で鼻筋が通り見目《みめ》がいい、中肉中背となっていた。

「ついでに似面絵も拵えまして……」

粂吉は絵師に描いてもらったという金三郎の似面絵を懐から出した。肉筆画である。

「どこまで似ているかわかりませんが、何かの足しになると思いまして……」

「上出来だ」

伝次郎は似面絵をためつすがめつ眺めてから、粂吉を褒《ほ》めた。

「それで忠次郎のことは？」

「そやつに目をつけていたのは、宗像平三郎だった。忠次郎は掏摸だけでなく、商家に忍び込んで盗みをやるから押さえようと思っていたらしい。だが、宗像たちの動きに気づいたのだろう。上方に逃げているのだ」

「それじゃ、何もわからずじまいということですか……」

「いや、宗像が調べてくれるはずだ。ただ、やつも他の吟《ぎん》味《み》筋《すじ》を抱えているので、すぐにとはいかないだろう。まあ気長に待つしかない。それより、広瀬たちの調べはどうなっているのだ」

気がかりなことだった。

「じかに会って話を聞いたわけじゃありませんが、様子からすると進んでいないようです」

「そうか……」

伝次郎は茶に手をのばした。

「金三郎や忠次郎のことを教えたほうがよいですかね」

条吉が上目遣《うわめづか》いに伝次郎を見る。

「教えてもよいが、こちらの調べはまだ十分ではない。教えればかえって混乱するかもしれぬ。それに島田は頑迷《がんめい》な男だ。荒削りの調べを耳に入れたら機嫌を損《そこ》ねかねぬ」

「たしかにおっしゃるとおりで。で、どうしましょう……」

「うむ」

伝次郎はしばらく沈思黙考《ちんしもっこう》した。

自分を下手人に陥《おとしい》れようとした富蔵のことは気になるが、もうこの世にはいない男である。これ以上こだわりつづけても詮無《せんな》いのではないかと伝次郎は思いはじめていた。しかし、身に降りかかった火の粉であるし、上田屋太兵衛殺しを忘れるわけにはいかない。

だが、その調べを請け負っているのは自分ではない。

「粂吉、せっかく人相書を拵えたのだ。金三郎のことを密かに探ってくれ。もしはっきりしたことがわかったら、そのとき広瀬にでも知らせよう。じたばたしてもおれは動けぬ身だ」

「歯がゆいでしょうが、しかたありませんね」

「そのうち宗像が、上方に逃げている忠次郎のことを調べてくれるはずだ。慌《あわ》てずに待つしかない」

「承知しました」

三

広瀬小一郎と島田元之助は、南本所元町の北外れにある一膳飯屋で向かい合っていた。そばには小者の八州吉と六兵衛が座っている。

「日限《ひぎり》尋《たずね》になった」

忌々《いまいま》しそうに島田が吐き捨てた。日限尋とは、探索に期間を設けることである。

「いつそんなことに……」

小一郎は驚き顔をして島田を見た。

「さっき浜島《はましま》さんがやってきて、そう告げられたのだ。お奉行からのお達しだと」

浜島というのは本所方の与力で、小一郎の直属の上司だった。

「それで日限は？」

「あと十日だ。つまり十日のうちに上田屋の一件を片づけろというお指図だ」

島田は面白くないという顔で、沢庵《たくあん》をぽいと口のなかに放り込んでポリポリいわせた。

「もし下手人をあげることができなかったら、永尋《ながたずね》になってしまうということか……」

小一郎は首を振ってため息をつく。

永尋というのは、日限尋の日限を過ぎた場合、期間を決めずに探索を続行するということであるが、これは実質的に時効と同じになってしまう。理由は、つぎつぎと起こる事件に対処するためで、自然古い事件からうやむやになっていく。

「広瀬、妙なことをいうんじゃない。あと十日で決着をつけるんだ」

「そうしたいところですが、手掛かりがいっこうにないのです。富蔵は殺されてしまうし、上田屋にも下手人に思いあたる者がいません」

「…………」

島田は苦々しい顔をするだけで、何も言わない。煙管を吸うでもなく、片手で弄《もてあそ》んでいる。

「おまけに番屋の書役殺しの調べも重なっています。猫の手も借りたいというのはまさにこのことです」

書役殺しとは、中之郷竹町の自身番で殺された久右衛門の一件である。

「忙しいのはおれたちだけではない。他の者たちも同じだ。ぼやいている暇があるなら、気の利いた知恵を出すことだ」

「知恵より手掛かりです」

小一郎の言葉に、島田がむっとした顔を向けた。

「おれは上田屋のことを隅《すみ》から隅まで調べた。奉公人、出入りの商人、客だ。それに上田屋で揉め事などは起きておらぬ。殺された太兵衛の身辺にも疑うような者はいなかった」

「そうなると、富蔵が鍵ということになりますが……」

「そうだ。富蔵を誰がいったい何のために殺したかということだ」

「富蔵殺しを見た者はいません」

「……富蔵のことはどこまでわかっているのだ」

「それはお伝えしたはずです」

島田はそっぽを向き、酒でも飲みたくなったとつぶやいた。

小一郎は富蔵の過去やその出自《しゅつじ》、そして関わっていた者を調べていた。その矢先に、中之郷竹町の自身番で殺しが起き、そっちの調べにしばらく追われていた。

だが、その一件も手掛かりがつかめないままだった。

「こういうことなら、沢村さんに助を頼んでおけばよかったかもしれません」

「おい」

島田が目を吊りあげてにらんできた。

「沢村殿は町方にあるまじき失態を犯したのだ。だから謹慎になった。そうではないか」

小一郎は不満顔で黙り込み、胸の内でつぶやく。

(沢村さんを謹慎に追い込んだのは、あなたではありませんか)

だが、それは口にすべきことではなかった。代わりに、

「それでいかがされます?」

と、島田に問うた。

島田は櫺子格子《れんじごうし》にはめられている障子窓を開けて、表を短く眺めた。すでに日が翳《かげ》り、表は薄暗くなっていた。

「今日は引きあげよう。また、明日だ」

「それでよいのですか?」

「焦《あせ》ったところで事がうまく運ぶか。こういうときは一度頭を冷やすんだ。帰るぞ」

島田は立ちあがって、六兵衛に顎をしゃくった。

小一郎は座ったまま、島田と六兵衛が出ていくのを見送り、その姿が見えなくなると小さく舌打ちした。

「旦那、どうします?」

「うむ」

八州吉に聞かれた小一郎は、店の女を呼んで空いた器を片づけるようにいって、茶を所望《しょもう》した。昼飯抜きで探索をしていたので、早めの夕餉《ゆうげ》を取ったのだった。

「何か調べに落ち度があるはずだ」

店の女が片付けを終わり、新しい茶を持ってきた。それを受け取ってから小一郎は口を開いた。

「落ち度といいますと、何でしょう……?」

「それを考えているのだ。日限尋にされたのだ。なんとしてでも下手人の尻尾をつかまなければならん」

「聞き調べに漏れていることがあるのかもしれません。島田の旦那は上田屋ばかりをお調べでしたから……」

「そうなのだ。それなのに……」

小一郎は「くそっ」と胸中で吐き捨てる。島田は探索に対する執念というか熱が入っていないように感じられる。

「おれも上田屋で聞き込んでみようか」

「そうですね。島田さんが気づかなかったことを聞けるかもしれません」

「よし、そうしてみよう。永尋になったら同心として恥だ」

小一郎は差し替えられた茶を飲むと、すっくと立ちあがった。

上田屋はまだ暖簾を下ろしていなかったが、店のなかに入ると、奉公人たちが片付けにかかっていた。客の姿もなかった。

「広瀬様、ご苦労さまでございます」

帳場に座っている番頭の喜兵衛《きへえ》が声をかけてきた。主をなくしたいま、上田屋は番頭の喜兵衛が店のことを切りまわしていた。

「島田さんからあれこれ聞かれていると思うが、何か話し漏らしたことはないか?」

小一郎は帳場の上がり口に腰掛けて問うた。

「さあ、どうでしょう。根掘り葉掘り聞かれましたので、申し上げることはすべて申し上げたと思うのですが……」

「奥方はどうだ?　太兵衛のことをもっとも知っていたのは、奥方ではないか」

「店以外のことでしたらそうですね。それから若旦那の徳兵衛《とくべえ》さんでしょう」

「島田さんはその二人から話を聞いているはずだ。他にはいないか？」

「旦那の内々のことでしたら、あとは娘さんのおえいさんでしょうか」

「おえい……その娘は？」

「もう嫁いでいらっしゃいますが、近くにお住まいですよ」

小一郎は目を光らせた。

「近くというのはどこだ？」

「へえ一丁目の彩雲堂《さいうんどう》さんです」

「筆墨屋《ひつぼくや》の彩雲堂だな。それで、島田さんはそのおえいにも話を聞いているだろうか？」

「それはどうでしょう」

喜兵衛は首をかしげた。小一郎は目を光らせて立ちあがった。

本所は小一郎の担当区域である。一丁目の彩雲堂と聞けばすぐに、その場所はわかった。相生町一丁目、竪川に架かる一ツ目之橋のそばにある筆墨屋である。

店はすでに閉まっていたが、小一郎は戸をたたいて訪ねた。応対する小僧におえいに会いたい旨《むね》を告げると、すぐに帳場前に本人があらわれた。

色白で小柄な三十近い女だった。小一郎を見て目をまるくし、長い睫毛《まつげ》を何度かまたたかせた。

「おとっつぁんのことだと思いますが、何でございましょう」

「上田屋の奉公人からはいろいろと話を聞いているのだが、おまえさんにはまだ聞いていなかったはずだ」

「へえ」

「そのおまえさんの父親が殺されたことに、心あたりはないかということだ。親を亡くしたばかりで、こんなことを訊ねるのは気が引けるが、何か気がかりなことはないだろうか？」

おえいは台所仕事をしていたらしく、前垂《まえだ》れを濡らしていた。その濡れたところを絞るように持って、短く考えた。

小一郎は言葉を重ねた。

「おまえさんのおとっつぁんに、恨みを持っているような者がいないかということなのだが……」

「いるとすればひとりです。昔、金三《きんぞう》という奉公人がいたのですが、何が気に入らなかったのか、ある日、突然おとっつぁんにつかみかかって罵り、そのままいなくなったんです」

「金三……それはいつのことだい？」

「五年、いえ、六年ぐらい前だったでしょうか。でも、わたし、その金三を何度か見かけているんです。向こうは気づきませんでしたが……」

「どこで？」

「東広小路です。柳《やなぎ》橋の近くですれ違ったこともあります。乱暴な男ですから、わたしは目を合わせないようにしましたが……」

「いつのことだね？」

「半月ほど前でしたか……。そうそう、十日ほど前にも広小路で見かけています」

小一郎は少し考えた。

十日前と言えば、上田屋太兵衛が殺された日である。

「金三という男が、いま何をやっているかわかるか？」

「それはわかりませんけど、堅気《かたぎ》の商売をしているようには見えませんでした」

「すると、どこに住んでいるかもわからないのだな」

「わかりません」

「金三のことは店に残っているだろうか？」

商家に奉公に入るときには、請人《うけにん》などを書いた証文《しょうもん》を取る。

「番頭さんは几帳面《きちょうめん》ですから残っていると思いますが……」

「忙しい飯時に手間を取らせた。また何かあったら話を聞きに来るかもしれぬ」

「もうよいので」

小一郎はよいといって彩雲堂を出、そのまま上田屋に引き返した。

「金三ですか？」

番頭の喜兵衛は帰りがけだったが、小一郎から話を聞いて、はたと気づいた顔になった。

「そうだ。そいつの身請《みうけ》証文があれば、見せてもらいたいのだ」

「少々お待ちください」

喜兵衛は帳場にあがって、帳場簞笥《だんす》を引き開けながら、

「金三のことはすっかり忘れていました。もう六年ほど前にやめた男ですからね。でも、あの男は後足《あとあし》で砂をかけるというより、旦那さんを殴りつけて暴れたんです。

どうしてあんな乱暴をしたのか、いまでもよくわかりませんが……あ、ありました」

喜兵衛は帳面を差し出して、小一郎に見せた。請人は、浅草西仲町《にしなかまち》にある伊左衛《いざえ》門《もん》店に住む新五郎とあった。錺《かざり》職人だ。

「新五郎……」

小一郎はつぶやいた。同じ名前の掏摸を昨年の暮れに捕まえていたからだ。だが、当然別人だろうと思った。

「八州吉、明日は金三の請人だった新五郎に会う」

小一郎は上田屋を出てから告げた。

「書役殺しのほうもありますが、そっちはどうします？」

「もちろん調べる」

そう答えた小一郎だが、忙しくなったなと胸中でつぶやいた。

四

翌朝早く、小一郎は八州吉を連れて、浅草西仲町の伊左衛門店に向かった。どんより曇った日で、なんとなく市中は暗い。

西の空に鉛《なまり》色の不気味な雲が漂っていた。

（雨になるかもしれぬ……）

小一郎は大橋をわたりながら思った。

橋の下を流れる大川を、米や雑穀《ざっこく》の俵を積んだひらた舟が上り下りしていた。神田《かんだ》川から出てきた猪牙舟が、深川のほうへ下っていった。

満潮なのだろうか、川は水量が豊かでうねる水面が曇った空を映していた。

小一郎は御蔵前《おくらまえ》の通りを進み、駒形町《こまがたちょう》の先で雷神門前広小路に入った。まっすぐ行けば浅草寺《せんそうじ》の雷門《かみなりもん》に突きあたる。西仲町はその通りの途中を左に折れた先にあった。

伊左衛門店に行って、井戸端で洗い物をしていたおかみに声をかけ、新五郎のことを訊ねた。

「新五郎さんですか？」

おかみは小首をかしげ、いくつぐらいの人だと問い返す。

「五十だ」

「さあ、そんな人はいませんね。ずいぶん昔に住んでいた人じゃないかしら。ちょいとお待ちを……」

おかみは手拭いで手を拭くと、近くの家を訪ねて、すぐに戻ってきた。

「十年ばかり前に住んでいた人のようです。その人だったら、浅草並木町《なみきちょう》に越したらしいですが……」

「並木町に……」

「へえ。そこのご隠居はこの長屋に長く住んでいるので、知っているようです。並木町のどこの長屋かはわからないそうですが……」

「さようか。手間をかけた」

小一郎は礼を言って長屋を出ると、浅草並木町に行ってまずは自身番で新五郎という男のことを訊ねた。

「何人かいると思うんですが、五十ですか……」

書役は店番を見て、心あたりはないかと聞いた。

「五十だったらいませんね。同じ名の人はいますが、もっと若いですから。名主さんに聞かれたほうが早いと思いますが……」

店番がそう言うので、小一郎は名主の嘉右衛門《かえもん》を訪ねた。

町名主は現代の戸籍簿にあたる宗門人別改帳《しゅうもんにんべつあらためちょう》の控えを保管している。原則はそうなのだが、必ずしも徹底していたわけではない。

名主の嘉右衛門もその例に漏れずで、新五郎の名前と年齢を聞いてもわからないと白髪混じりの眉毛を垂れ下げた。記載漏れというより、調べを怠っていたのだ。

小一郎は舌打ちするしかない。新五郎捜しをあきらめて、中之郷竹町の自身番に立ち寄った。書役の久右衛門が殺されたので、兵助《へいすけ》という者が書役として詰めていた。

下手人を見たという者も、それらしき怪しげな人物を見たという者も、いまのところいなかった。

「散々、聞きまわったり、近所に声をかけてはいるんですが、さっぱりでして」

店番の有造はため息をつく。

「真っ昼間に起きた殺しだというのに、ひとりも見た者がいないとは……」

小一郎は「まいったな」と言って、盆《ぼん》の窪《くぼ》をひとつたたいた。

「聞き込みをしますか」

八州吉が疲れたような顔で言う。

小一郎はそのまま自身番を出て、聞き込みを行ったが、新しい種《たね》（情報）を仕入れることはできなかった。気づけば正午を過ぎていた。

「いったいどういうことなんだ。こんなことがあるのか……」

聞き込みに疲れた小一郎はぼやかずにはいられない。曇っていた空はますます暗くなり、いよいよ雨が降りそうな気配だった。

「八州吉、島田さんに会おう」

そのまま二人は南本所元町の自身番に足を向けた。一連の殺しの連絡場である。

「どこへ行っていた？」

自身番に入るなり、上がり框に腰掛け茶を飲んでいた島田が顔を向けてきた。

「上田屋の番頭から話は聞いていませんか？」

小一郎は敷居をまたいで土間に入った。

「何のことだ？」

「上田屋太兵衛に、恨みを持っていてもおかしくない男のことがわかったんです」

とたん、島田の片眉が動いた。

「上田屋に金三という奉公人がいたのですが、こやつは主の太兵衛に乱暴をはたらいて、そのまま店を飛び出しています。五、六年前のことですが、店に恨みを抱いていたと考えてもおかしくないはずです」

「それを誰に聞いた？」

「上田屋の娘です。彩雲堂に嫁いでいますが、昨夜話を聞いて、これはもしやと思いましてね。それで金三のことを調べますと、請人がわかったんで会いに行ったのですが、すでに越していて行き先がわかりません」

「金三という男のことはどうなのだ？」

「わかりませんが、娘のおえいは金三を何度か見かけています。一度は半月ほどまえに柳橋で、さらに十日ほど前にそこの広小路でだったそうで……」

「十日ほど前……」

島田は眉間にしわを彫って考える顔をした。

「上田屋が殺されて十一日たちます。ひょっとすると、おえいはその日に金三を見たのかもしれません」

「それじゃ、そやつは近所に住んでいるかもしれないのでは……」

「かもしれません」

「広瀬、その金三の人相書を作ろう」

「早速手配りします」

小一郎が答えたとき、ぽとぽとと地面のたたかれる音がした。表を見ると、通りに黒いしみが広がっていた。ついに雨が降りはじめたのだ。

五

伝次郎は座敷に座ったまま、降りはじめた雨を眺めていた。

朝から曇っていたが、雨のせいで肌寒さを感じる。

伝次郎は手持ち無沙汰《ぶさた》を誤魔化《ごまか》すために、煙草盆を引き寄せて、ゆっくり煙管に刻みを詰め、それから火をつけた。

吐き出す紫煙が、表から流れてくる風に流される。

(粂吉はどこまで調べているだろうか……)

と、ぼんやりと斜線を引く雨を眺めて考える。宗像平三郎には上方に逃げている掏摸の忠次郎を調べさせているが、まだ返事はなかった。

「お茶でも淹れましょうか……」

茶の間のほうから千草が声をかけてきた。

「うむ、そうだな」

伝次郎は灰吹きに煙管を打ちつけて、吸い殻を落とした。

「この雨で、与茂七の仕事は早仕舞いになるかもしれませんね」

千草が茶を淹れながら言う。

「そうだな」

伝次郎は台所に立っている千草に応じる。

定職を持っていない与茂七は、毎日ではないが日傭《ひよう》取りの仕事に出かけている。川浚《さら》いの人足だったり、鳶《とび》仕事だったり、河岸場での荷下ろし荷積み作業などだ。

いずれも力仕事である。

元々気の短い与茂七だから、千草は出かける際に「我慢が大切ですからね」と、必ず一言釘を刺していた。

「店のことはどうするのだ」

伝次郎は茶を運んできた千草に訊ねた。

「それはあなたの〝慎〟が終わってからにします」

「そうはいっても、あたりはつけているのだろう」

「空店《あきだな》を見かけたりしますが、まだ聞いてはいません。ただ、店の名前はぼんやり考えています」

「なんだい？」

「かもめ屋ではどうでしょう」

「かもめ屋か……なかなか洒落《しゃれ》た名前でいいと思う。それで、やはり飯屋を……」

「はい、でも夜は遅くまでやらずに、五つ（午後八時）には終わる店にしたいと考えています」

「酒を出せば、尻の重い客もいるはずだ」

「いいえ、きっちり五つで終わらせる、そのつもりです」

千草は江戸っ子特有の姐御《あねご》肌を持っている。ときと場合によっては、歯に衣着《きぬ》せぬことも言う。

新たな店をはじめても、だらだらと管《くだ》を巻く客や、尻の重い客がいても、さっさと追い出すだろう。実際、深川で店をやっていたときの客あしらいは見事だった。

「そうと決まれば楽しみになってきたな」

「焦らずにいい店を探します。それにしても降りが強くなりましたね。与茂七は傘を持って行かなかったけれど大丈夫かしら……」

千草は庭の木々を濡らしている雨を見て言う。

そのとき玄関から人の声が聞こえてきた。

「ごめんくださいまし」

「はーい」

千草が返事をしてすぐに玄関に行き、戻ってくると、町奉行所からの使いだと告げた。

伝次郎が玄関に行くと、奉行の筒井に仕えている中間だった。

「お奉行が話があるとおっしゃっています。番所のほうに来ていただけますか」

「急だな」

「何やら急ぎのご用がおありのようで……」

「わかった。すぐに伺おう」

伝次郎は使いを帰すと、着替えにかかりながら、

「お奉行に会いに行ってくる」

と、千草に告げた。


筒井は用部屋で待っていた。

伝次郎が部屋の入り口で挨拶をすると、

「雨のなか大儀《たいぎ》である。ま、これへ」

と、自分のそばにいざなった。

「直截《ちょくせつ》に申すが、〝慎〟は終わりだ」

その言葉に伝次郎は、はっと顔をあげた。

「北町の大草《おおくさ》殿から助を頼まれたのだ」

筒井の言う大草とは、北町奉行の大草安房守高好《あわのかみたかよし》である。

「…………」

伝次郎は黙ってつぎの言葉を待つ。

「飢饉のせいで世は荒れているが、江戸も同じだ。厄介ごとは絶えない。そなたを〝慎〟に処したのは、やむを得ぬことだった。しかし、そなたは害を受けた身、不覚を取ったと省《かえり》みておったが、わしは端《はな》からそなたを処する気はなかった。ただ、南町奉行所としての体面を保つためであった」

「お奉行のお心遣い痛み入ります」

伝次郎は目を伏せて応じた。

「くどくは言わぬが、南北両御番所は人の手が足りぬほど忙しい。それなのに、いっこうにはかの行かぬ吟味筋がある。そなたが害を被った上田屋の一件である。さらに、その一件を受け持っている外役同心は、新たに起きた自身番書役殺しの調べにもかかっている。他の者をまわすことを大草殿は考えられたが、あいにく手は塞《ふさ》がっている。そこで、わしに相談があった。助をまわしてくれぬかと。わしは即座に答えた。当方も手いっぱいだと。ただし、ひとりだけなら都合できると答えた。

大草殿は是非にもと頭を下げられた。そこでそなたの名を出したのだが、驚きもせずに是非にとおっしゃる。じつは、わしが〝慎〟を申しわたしたときにも、そこまでせずともよいと言われたのだ。しかし、何かしておかぬと示しがつかず、そなたには不自由な思いをさせた。相すまぬことだった、許せ」

奉行の謝罪に伝次郎は胸をつかれた。筒井が敬愛を受けているのは、こういった機微《きび》があるからだとあらためて思い知らされた。

「それから、上田屋の一件は日限尋の扱いになっておる。その日限もあと十日もない。沢村、おぬしの出番だ。害を被った一件でもある。真相を暴くのだ」

筒井は目に力を入れて、伝次郎を見つめた。

「しかと承りましてございまする」

伝次郎は深々と頭を下げた。

六

町奉行所から川口町の自宅屋敷に帰るまでの間に、雨は小降りになっていた。伝次郎はその帰路、富蔵に会ってからのことを反芻《はんすう》していた。さらに粂吉の調べでわかっていることを胸の裡《うち》で整理した。

しかし、わからないことは多々ある。これから小一郎と島田に会えば、また新たなことがわかるはずだ。

奉行の筒井は力を込めて、「真相を暴け」と言った。それは「伝次郎、おまえがこの一件を片づけろ」と言っているのも同じだった。

無論、伝次郎はその肚づもりである。

「ただいま帰った」

傘を閉じて土間に入ると、与茂七が近くに立っていた。

「帰っていたのか」

「この雨で早仕舞いになったんです」

「すると、暇な身になったのだな」

「はい」

与茂七が答えたとき、奥から千草が出てきた。

「呼び出されて謹慎が解けた」

そう言うと、千草の目が大きく見開かれ、

「ようございました」

と、頬をゆるめた。

与茂七もよかったですねと、心底嬉しそうな顔をする。

「だが、これから仕事だ。おれが害を受けた一件の探索をすることになった」

「すると、上田屋の主殺しの……」

千草が言えば、

「旦那さん、そのことだったら、何としてでも旦那さんが下手人を捕まえなければ気が収まりませんよ。なんてったって、旦那さんは騙されて、殴られ、そして下手人にされそうになったんですから」

と、与茂七が目を輝かせて言う。

「とにかく着替えて出かけるが、与茂七、おまえもついてこい」

「へっ、おれも、おれもいいんですか」

与茂七は小遣いをもらった子供のように喜びを表した。

粂吉がそばにいれば、与茂七の手を借りる必要はなかったのだが、いまは急ぎのことである。与茂七にもできることはあるだろう。そう考えて、連れて行くことにしたのだ。

着替えをすますと、与茂七を連れてすぐに家を出た。

「与茂七、雨も小降りになった。舟で行く」

伝次郎はそう告げると、亀島橋のそばに舫っている自分の猪牙舟に乗り込んだ。すぐに棹をつかんで舟を出すと、与茂七に舟底にたまっている雨水を掬い出させた。

日本橋川を突っ切り、大川に出る頃には糠雨《ぬかあめ》になっていた。それでも対岸の本所深川の町は烟《けぶ》って見える。

棹から櫓に持ち替えた伝次郎は、川の流れに逆らって猪牙舟を進める。このあたりは江戸湊に近いので、潮の干満の影響を受ける。どうやら引き潮らしく流れが速い。それだけに舟の進みはのろい。

いつになく伝次郎は気持ちを高ぶらせていた。そのせいで櫓に込める力も普段以上だ。汗をかきはじめたのはすぐだった。ときどき、額に浮かぶ汗を指先で払い、ときに手拭いで首筋の汗を拭く。

「旦那さん、代わりましょうか」

前を向いていた与茂七が振り返って言う。伝次郎は少し考えてから、

「できるか？」

と、問うた。

「できないことはありませんよ。やらせてください」

伝次郎は請われるまま、与茂七と交替した。

しばらく黙っていたが、やはり要領をつかんでいない与茂七の漕ぎ方はぎこちなかった。その分、猪牙舟の進みも遅くなり、ときに流れに負けそうになる。

「深く入れるな。かといって浅くてもいかぬ。櫓の入れ具合というのがある」

伝次郎は与茂七に体を向け直して指導することにした。

一般に一人前の船頭になるには、「櫓三年棹八年」と言われる。

伝次郎はいまは亡き船頭の師匠である、嘉兵衛《かへえ》の手ほどきを受け、あっという間に操船技術を身につけたが、太鼓判を捺《お》されるのに一年はかかった。それでも普通ではない早さだった。

「ころよいところに櫓が入れば、体の力が伝わり、舟を大きく前に進めることができる。浅すぎると櫓の力は舟に伝わらぬ。深すぎれば、体を疲れさせるだけだ」

「へえ、わかりました」

与茂七は返事はよいが、なかなかうまくできない。すでに息遣いが荒くなっていた。

「腕の力だけに頼ると長つづきせぬ。船頭は朝から晩まで舟を漕がなければならんのだ。腕と腰、全身を使うようにする。勘のいい者ならやっているうちに自然と覚える」

「おれはどうでしょう」

与茂七はハアハアと、呼吸を乱れさせている。

「まだまだ。しかし与茂七、剣術も人の一生も、舟を漕ぐのと同じだ」

「どういうことです?」

「剣術を習えば誰でも早く強くなりたい、上達したいと思う。しかし、そうはいかぬ。地道な鍛錬を飽きずに積んだ者が強くなる。それには何年もかかる。人生とて同じだ。出世をしたい、金儲けをしたい、楽をしたいと思っても容易《たやす》くはいかぬ。ひと漕ぎ、またひと漕ぎと、舟を漕ぐように前に進んでいくしかない。そのひと漕ぎをやめたら、あと戻りするだけだ。それ、与茂七、休まず漕がぬか。舟が流されているぞ」

「旦那さんからいいことを聞いたので、感心していたんです。そうですね、おれもそうだと思います」

「何を言っておる。漕ぐ手を休めるな」

「は、はい」

与茂七はまた腕に力を入れて漕ぎはじめた。

ギッシギッシと櫓の軋む音が水面を這《は》って消え、また這う。

舳は伝次郎が漕ぐときのように波をかき分けはしないが、それでも舟はのろのろと川を上っていた。

新大橋《しんおおはし》をくぐると、伝次郎は大川を横断するように竪川の河口に向けさせた。与茂七は汗だくになり、荒い呼吸をしながら櫓を漕ぎつづけている。弱音を吐くかと思っていたが、歯を食いしばって辛抱している。

(よし、よし、それでよい)

伝次郎は頬をゆるめて、真剣そのものの与茂七を眺める。

「あの橋をくぐったら、左の河岸地に舟をつけろ」

「は、はい」

それからしばらくして竪川の河口に架かる一ツ目之橋をくぐり抜けた。伝次郎はすぐ先にある相生町河岸に舟を舫わせ、小一郎と島田が連絡場にしている南本所元町の自身番に足を向けた。

七

連絡場になっている自身番に島田と小一郎の姿はなかった。書役は一刻《いっとき》(約二時間)ほど前までいたが、いまは探索に出ていると言った。

「帰ってくるだろうか?」

書役は、そのはずだと答えた。

「またあとで来よう」

伝次郎はそのまま自身番を出ると、与茂七を連れて上田屋に向かった。調べに加わった挨拶をしておかなければならないし、何か新たな話が聞けるかもしれないという期待もあった。

「与茂七、聞き調べの最中に余計な口は挟まなくてよいからな」

「心得ました」

与茂七は生真面目な顔で答える。

上田屋の暖簾をくぐるときには、雨はすっかりあがっていた。

あらわれた伝次郎を見た番頭の喜兵衛が、一瞬驚き顔をして、

「これは沢村の旦那……」

と言って、隣に座っている手代の京助と顔を見合わせた。

「主殺しの一件、おれも助をすることになった」

「それは頼もしいことです。ですが、もう話せることはないのですが……」

「そうであろう。島田と広瀬が細かく聞いているはずだからな。しかし、おれはその話を聞いておらぬ。手間はかけぬから、少しだけ聞きたいことがある。まず、主の太兵衛が殺された蔵に行くとき、誰かに声をかけて行ったのだろうかということだ」

「それはわたしが聞いております」

「それは何刻頃《なんどき》だった？」

「八つ半少し前でした」

「いつも蔵を見に行っていたのだろうか？　それとも誰かに呼び出しを受けてのことだったのか？」

「毎日ではありませんが、旦那様はときどき蔵に置いている樽の勘定をしておりました。あの日は荷が入ったあとなので、たしかめに行かれたのです」

「誰かに呼び出されたようなことはないのだな？」

「なかったはずです」

「蔵に行く前に、客の誰かと話をしていたようなことは？」

「それもありません」

すると、下手人は太兵衛の普段の動きや仕事ぶりを知っていたということだ。たまたま太兵衛が蔵に入ったから、そこで殺したというのは考えにくい。

「富蔵のことだが、この店に出入りしていたようなことはなかったのだな」

「それはありませんでした。このことはすでに島田様に話してあるのですが……」

「そうであろう。太兵衛は誰とも揉め事を起こしていなかった。また太兵衛に恨みを持つような者もいなかった、そうだな」

「あ、いえ、それがひとりだけ怪しい者がいたんです」

伝次郎は目を光らせた。

「もう六年ほど前でしょうか、うちで奉公していた金三という男がいました」

「金三」

伝次郎は眉宇をひそめた。喜兵衛は話をつづける。

「さようです。何があったのかわかりませんが、ある日突然、旦那様に悪態をついて乱暴をして飛び出していったのです。しかし、もう六年もたちますので、そのことは忘れていたのですが、嫁がれたお嬢さまから広瀬様がそのことをお聞きになって思い出したのです」

「その金三はいまどこで何をしているかわからぬか？」

「広瀬様が調べられているはずです。手前どもには、その後のことはわかりませんで……」

伝次郎は短く思案しながら、視線を店のなかにめぐらしてから手代の京助を見た。

「気を失っていたおれと、殺されていた太兵衛を見つけたのはおぬしだったな。なぜ、あの蔵に行ったのだ？」

「それは旦那様の帰りがいつになく遅いので、気になって見に行っただけです。まさかあんなことになっているとは思いませんでしたから、すぐには声も出せずに驚いた次第です」

伝次郎はそう言う京助の顔を凝視《ぎょうし》していた。偽りを言っている顔ではなかった。

「そういうことであったか。それで、他の奉公人から何か新しい話は出ておらぬか」

「……出ていません」

京助は一度喜兵衛と顔を見合わせてから答えた。

伝次郎はまた短く沈黙した。

この店のことはこと細かく、小一郎と島田が聞き調べているはずだ。引っかかることがあれば、二人が教えてくれるだろうし、すでにすんでいる聞き調べを繰り返しても無駄なことだ。そう判断した伝次郎は、

「何かわかったら、また訪ねてくる」

と言って、店を出た。

「今度はどこへ?」

追いかけるようにしてついてくる与茂七が顔を向けてきた。

「殺された富蔵を知っている髪結いだ」

伝次郎は雨で濡れた地面を急ぎ足で歩く。通りのあちこちには水たまりがあり、空を流れていく雲を映していた。

条吉が会った髪結いは、安太郎という名前だった。富蔵が掏摸だと教えた男だ。さっきまで雨が降っていたので、商売には出ていないはずだ。伝次郎は頼むからいてくれと、心中で願う。

まずは富蔵が住んでいた文助店を訪ね、安太郎という髪結いのことを聞くと、すぐ隣にある宗蔵《むねぞう》店という長屋の住人だというのがわかった。条吉から聞いたとおりである。

早速その長屋を訪ねると、安太郎の家はすぐにわかった。腰高障子に髪結いと書かれており、安太郎の姿もあった。

ふらりとあらわれた伝次郎に、安太郎は少し身構えるように緊張したが、

「条吉というおれの手先に富蔵のことを教えたのはおまえだな」

と言うと、なんだ町方の旦那ですか、と肩の力を抜いた。色白のやさ男だ。

「富蔵のことをなぜ知っていた？」

「なぜって、浅草界隈を流し歩いていたし、連れは掏摸だとわかる者ばかりでした。へたなことは言えませんから黙っていましたが、あっしは気づいていたんです」

「そのことは粂吉だけに話したのだな」

「さいです。他の町方の旦那でも訪ねてくれれば話しますが、誰も来ませんでしたから」

「富蔵が掏摸仲間とつるんでいるのを見たのだな」

「へえ。どれも奥山の勝蔵《かつぞう》さんの手下でした」

「勝蔵というのは掏摸の親分か?」

「はい。あっしは勝蔵さんの家に何度か出入りしたことがあるんで、それで知っているんです」

「富蔵といっしょにいた男のことを調べられないか……」

伝次郎がじっと見つめると、

「やれと言われるなら、やりますけど……」

と、答えた。

「礼はする。頼まれてくれぬか」

安太郎は快《こころよ》く引き受けてくれた。

そのまま長屋を出た伝次郎は、再び南本所元町の自身番に引き返した。西の空があかるくなっており、雲の切れ目から光の筋が射していた。

「これは沢村さん」

自身番の表に立つなり、上がり框に座っていた小一郎が顔を向けてきた。隣に島田元之助もいた。

「どうされたのです？」

「助をすることになった」

伝次郎が小一郎に答えると、島田が苦々しい顔を向けてきた。

「沢村殿、余計なお節介《せっかい》はお断りです。それに謹慎中の身ではありませんか」

「謹慎は解けた。お節介かもしれぬが、この一件、おれとしては放っておけぬのだ」

「ですが、これは北町の預かりです。広瀬とやってのけますよ」

「日限尋になっているそうではないか。もうその日もない」

「沢村殿、お断りです」

島田がすっくと立ちあがって剣呑《けんのん》な目でにらんできた。

「断れぬさ」

「なんですと」

島田は拳を固め、目をぎらつかせる。

「北町奉行の大草様から南町のお奉行に話があったのだ。おれを除《の》け者《もの》にするなら、大草様と相談することだ」

「な、なんと……」

伝次郎の言葉を受けた島田は、あっけにとられたように目をまるくした。そんな島田を無視して、小一郎に声をかけた。

「何かわかったのだな」

「上田屋に恨みを持っているかもしれぬ男のことがわかったのです。その人相書を作ったばかりです」

「見せてくれ」

伝次郎は島田を押しのけるようにして土間に入ると、小一郎から人相書を受け取った。似面絵付きである。

手に取った瞬間、伝次郎は目をみはった。

「これは……」

第五章　迷走

一

「いかがされました？」

小一郎が伝次郎の異変に気づいて立ちあがった。

「……似ている」

「知っておるのですか？」

島田がのぞき込んでくる。

「おそらく、富蔵とつるんでいた金三郎という男だ。だが、似ているだけかもしれぬ」

「富蔵とつるんでいたというのはどういうことです？」

そう聞く島田の顔を、伝次郎は短く眺めてから答えた。

「はっきり言っておく。この一件はおれに関わったことだ。不覚を取り謹慎の身になったが、ずっと心の片隅に引っかかっていた。納得のいかぬこともある。それで、密かに粂吉を動かしていた」

島田の片眉が、ぴくっと持ちあがった。

「おぬしらの調べの邪魔にはなっていないはずだ。そうだな」

「わたしは気づきませんでした」

小一郎が答えた。

島田は文句のありそうな顔つきだが、黙っていた。伝次郎はつづけた。

「粂吉が調べたことはいくつかあるが、たしかではない曖昧《あいまい》なものだった。おぬしらに教えてもよかったが、かえって混乱を招くかもしれぬと思い控えていたのだ」

「粂吉は、いまどこに？」

島田だった。

「金三郎のことを調べさせているが、いまはどこにいるかわからぬ。それにおれが謹慎を解かれたこともまだ知らぬ」

「沢村さん、それで粂吉が調べたこととは……」

小一郎がもどかしそうな顔をして話の先をうながした。

伝次郎は「ま、座ろう」と言って、居間の上がり口に腰を下ろしてつづけた。

「おれを上田屋の蔵に誘い出した富蔵は掏摸だった。それを知っていたのは、富蔵が住んでいた隣の長屋に住む安太郎という髪結いだった。安太郎は浅草の掏摸の頭《かしら》の家に出入りしたことがあるのだ。だから、そこで富蔵といっしょにいた掏摸を見ているし、町中でも富蔵が同じ掏摸仲間とつるんでいるのを見ている」

「広瀬、安太郎という髪結いに聞き込みはしたのか？」

島田が目をとがらせて小一郎をにらんだ。

「富蔵の長屋への聞き込みはしていますが、その隣の長屋には……」

「手落ちではないか」

「ま、咎めることはなかろう。富蔵の長屋への聞き込みは怠りがなかったのだ。それより、もっとある」

伝次郎は店番が淹れてくれた茶を受け取ってつづけた。

「その富蔵の面倒を見ていたのが、駒岡の金三郎という男だ。金三郎も元は掏摸だが、早くに足を洗い、商家奉公に出ている。その奉公先はわからぬ」

「それが上田屋だったのでは……」

小一郎が目を輝かせて言葉をついだ。

「金三郎と金三、名前が似ています。沢村さん、金三郎の年は？」

「三十ぐらいらしい。細面で鼻筋の通った見目のいい男だ。背丈は並で、太っても痩せてもおらぬという」

「わたしが聞いた金三の人相、それにこの似面絵の男と似ています。同じ男と考えていいでしょう。上田屋に勤めていた金三は、主の太兵衛に乱暴をはたらいて店をやめています。そのあとで、金三郎と名乗るようになったのかもしれません」

「そうかもしれぬ。富蔵のことだが、昨年の暮れに文助店を黙って出て、その行き先はわからなかった。だが、粂吉が引っ越し先を突き止めた。浅草猿屋町にある清左衛門店という長屋だった。ただし、その家は忠次郎という男の借家で、富蔵は留守を預かっていただけだ」

「忠次郎というのは何者です」

島田が飲んでいた湯呑みを下ろして、伝次郎に顔を向ける。

「商家に忍び込んで盗みもやる掏摸だ。だから、南町の定廻りである宗像平三郎が目をつけていた。ところが、それを嫌った忠次郎は上方に逃げている。その忠次郎のことはそのうち、宗像が詳しく教えてくれるはずだ。いまのところ、おれが伝えられるのはそれだけだ」

伝次郎は茶に口をつけた。

「島田さん、これで調べにはずみがつきました」

小一郎が目を輝かせて島田を見る。

「金三郎が上田屋にいた金三であれば、経緯《いきさつ》から考えて主の太兵衛に恨みを抱きつづけていたのかもしれぬ。広瀬、その人相書をもって上田屋に行くことだ」

伝次郎に言われた小一郎は、これから行ってくると言って腰をあげた。

「おれたちはどうしますか？」

島田が自身番を出て行く小一郎を見送って、伝次郎に顔を向けた。

「広瀬の帰りを待とう。金三と金三郎が同じ男だったなら、浅草の掏摸を片端からあたる」

「髪結いの安太郎は掏摸の頭を知っているのでしたね。そやつの名は？」

「奥山の勝蔵と呼ばれているようだ」

「だったら勝蔵からあたっていきますか」

「それが常道であろう。しかし、それにしてもわからぬのが、おれを下手人に仕立てようとしたことだ。おれは富蔵も知らなければ、上田屋との付き合いもない」

「…………」

「上田屋に恨みがあるなら、主の太兵衛を殺すだけでよかったはずだ。それなのに下手人はそうしなかった。なぜだと思う？」

伝次郎は色の黒い、顴骨《かんこつ》の張った島田を見る。

「それは……下手人に聞くしかないでしょう」

「太兵衛があの蔵に行くところや、おれが富蔵と行くところを見た者はいないのか？」

「調べたかぎりではいません」

「おかしなことだ。誰も見ていなかったのか……」

伝次郎は独り言のようにつぶやいたあとで、はたと思い出したように、島田に顔を戻した。

「中之郷竹町の番屋のことだが、書役が殺されたとき番屋に出入りした下手人を見た者もいなかったのだな」

「そっちは広瀬にまかせていますが、いないということです。真っ昼間のことなのに、またこれも不思議なことです」

「何か絡繰《からく》りがあるのか……」

「絡繰り」

島田が鸚鵡《おうむ》返しにつぶやいたとき、小一郎が戻ってきた。

「間違いないようです。金三と金三郎は同じ男です」

二

「金三郎のことはどこまでわかっている?」

伝次郎は小一郎と島田を交互に見て聞いた。

「金三、いえ金三郎でいいでしょう。やつの請人は錺職人の新五郎という男でした。

上田屋の帳面にあった新五郎の家を訪ねましたが、とうに越していてわかりません」

小一郎が答えた。

「越した先のことは？」

「それもわからないんです。名主が人別帳をつけていなかったんです」

「その新五郎と金三郎の関係は……」

「新五郎は金三郎の養父です」

「錺職人の新五郎か……。年は？」

「金三郎が上田屋に入ったときは、四十でしたからいまは五十になっているはずです」

「よし、ここで話し合っていても先には進まぬ。手分けして新五郎と金三郎を捜そう」

島田がぽんと膝を打って立ちあがった。

「待て、中之郷竹町の番屋の件はどうする？」

「それは……」

島田は小一郎を見た。

「聞き込みはつづけています」

小一郎が答えると、

「では、おぬしはそっちをつづけてくれ。おれと沢村殿で新五郎と金三郎のことを捜すことにする。それでどうです？」

と、島田が伝次郎を見てきた。

「おれはかまわぬが……」

「よし、話は決まった」

「待ってください」

自身番を出ようとした伝次郎を、小一郎が呼び止めた。

「彩雲堂に嫁いでいる上田屋太兵衛の長女おえいが、金三郎を何度か見かけていま
す。柳橋とそこの広小路で、です」

「いつのことだ？」

「半月ばかり前に柳橋で、十日ほど前にそこの広小路です」

島田は伝次郎を向いて、

「そういうことです」

と、答えた。

「それで、おぬしはどこを捜すつもりだ？」

「金三郎は富蔵をよく知っていた。その富蔵は猿屋町の清左衛門店に住んでいたんでしたね。だったら、その界隈で金三郎が見られていたかもしれない。その長屋に出入りしていたと考えてもおかしくないでしょう」

「では、おれは新五郎の行方を追ってみよう」

「もう日が暮れる。明日の朝、今日の調べの結果を教えてもらいましょうか」

島田はそのまま小者の六兵衛を連れて自身番を出て行った。

「広瀬、書役殺しの手掛かりはまったくないのか？」

伝次郎は小一郎に顔を戻した。

「殺しが起きる少し前に、近所の子供が近くで盗みがあったと、番屋に知らせに来ています。それで二人の番人が出かけ、書役の久右衛門が残っていたんですが、その隙《すき》を狙って下手人は書役を殺しています。白昼のことですが、殺しのあった頃、あの番屋に出入りした者は見られていません」

「知らせに来た子供は嘘を言ったのだな」

「知らない男に小遣いをもらって頼まれただけです。子供は、その男のことをよく覚えていません。侍ではなかったようですが、頰っ被りをして顔を隠していたそうで……」

「もう一度その子供に会ったらどうだ？　何か手掛かりになることを思い出しているかもしれぬ」

「そうですね。そうしてみます。しかし、沢村さんが見えて助かります。島田さんはああいう人ですから……」

小一郎はひょいと首をすくめると「では」と言って、先に自身番を出て行った。

たしかに小一郎が言うように、島田は我の強い男だ。独善的であるし、肚の底で何を考えているかわからない。共同で探索をする場合は、互いに助け合わなければならないが、その辺が欠けているように思われる。

だからといって、伝次郎が文句を言うことではなかった。

「旦那さん、どうするんです？」

茶を飲み干した伝次郎に与茂七が声をかけてきた。

「彩雲堂で話を聞く。ついてこい」

伝次郎はそう答えて立ちあがり、自身番に詰めている書役らをひと眺めして、

「広瀬の作った人相書を摺《す》り増ししてくれぬか。できたら、この界隈の番屋に配ってくれ。親方、頼んだぞ」

「承知しました」

書役の返事を聞いた伝次郎は、そのまま自身番を出た。

「彩雲堂って上田屋の娘が嫁いでいる店ですね。何を聞くんです？」

与茂七はさっきのやり取りを聞いているから、興味津々の顔をしている。

「金三郎のことだ」

伝次郎は短く応じて、両国東広小路の雑踏を抜けていった。

すでに日が翳りはじめている。

一ツ目之橋の手前を左に折れたすぐ先が、彩雲堂である。小僧が少し伸びあがって暖簾をしまうところだった。

それはまさに、伝次郎がその小僧に声をかけようとしたときだった。河岸道の先で悲鳴じみた声がし、つづいて「人殺しだ！　人殺しだ！」という叫び声があがった。

三

ギョッとなって立ち止まった伝次郎は、河岸道の先を見た。道の真ん中でうずくまっている男がいて、別の男が倒れている男にすがりつくようにして狼狽《うろた》えている。

伝次郎が駆け出すと、与茂七があとにつづいた。

「どうした？」

倒れている男に声をかけていた男が、顔をあげた。

「刺されたんです。いきなり近づいてきて……番頭さん、番頭さん、大丈夫ですか？」

刺されたのは商家の番頭のようだ。取りついているのは、若い小僧だった。

「刺したやつはどっちへ行った？」

「その路地へ逃げていきました」

伝次郎は小僧が示す路地を見た。

そこは本所相生町二丁目と三丁目の境にある路地だった。伝次郎はそこまで行って北のほうを見たが、通行人がいるだけであやしい男の姿はすでになかった。

「傷を見せろ」

「お侍さまは？」

小僧が聞く。

「南御番所の沢村だ」

伝次郎は答えながら、番頭の様子を見た。痛みを堪えるように小さなうめきを漏らしている。あたりは薄暗いので傷の具合はわからないが、早く手当てをすれば助かるかもしれない。周囲に数人の野次馬が立って、伝次郎たちを窺《うかが》うように見ていた。

「どこの店の者だ？」

「すぐそこの三村屋《みむらや》という味噌問屋です」

小僧は泣きそうな顔で店のほうを見て答えた。

「番頭、しっかりしろ。返事はできるか？」

声をかけられた番頭はうずくまったまま、「は、はい」と、か細い声を漏らした。

「小僧、店に運ぶ。与茂七、手伝え」

伝次郎はそう指図したあとで、近くに立っている野次馬たちを見て、

「誰か、この先の三村屋に医者を呼んでくれないか。早くしないと手遅れになる」

「あっしが呼んできます」

若い男が身を翻《ひるがえ》して駆け去った。

伝次郎は三村屋の番頭を店に運ぶと、横にならせて傷を見た。着物は血でぐっしょり濡れているが、傷はさほど深くなかった。

番頭の名は利兵衛《りへえ》、いっしょにいた小僧は良助《りょうすけ》といった。

ほどなくして医者が来て、利兵衛の傷の手当てにあたった。三村屋の主と奉公人たちが心配そうにその様子を見ていたが、

「死ぬことはなかろう。傷は縫っておいたので、いずれ治る。座れるか……」

医者に言われた利兵衛は、へえ、とうなずいてから、ゆっくり半身を起こした。

「日に一度、この薬を塗っておけば、膿《うみ》もたまらずに治るだろう。傷が浅くて幸いであったな」

医者は利兵衛を安心させるように言って、まわりにいる店の者に、

「何かあったら知らせてくれ。おそらく大丈夫だと思うが……」

といって、盥《たらい》で手を洗った。

その医者が帰っていくと、伝次郎は利兵衛にいくつかのことを訊ねた。

「刺したやつに覚えはないか？」

「不意のことでしたし、顔を見る暇などありませんでした」

利兵衛は情けなさそうに両眉を下げて言う。

「刺されるようなことに心あたりはないか？」

「……人から恨まれるようなことはしておりません」

伝次郎は、今度は良助に聞いた。

「刺したやつをおまえは見ていないか？」

「わたしもよく見ていません。頬っ被りをしていたし、いきなり横からあらわれて、とっさのことでしたから。年もわかりませんが、町人でした。背丈は並だったと思います。ただ、白地に青い千筋《せんすじ》の着物だったと思います」

「物盗りではなかったのだな？」

「いきなり刺して逃げていったので、物盗りではなかったはずです」

良助は大きな目をぱちくりさせて答えた。

伝次郎はひとまず引きあげることにしたが、利兵衛が刺された場所の近所で聞き込みをしてみた。

逃げる男の後ろ姿を見た者は何人かいたが、顔つきや年はわからなかった。

「明日、この辺でもう一度聞き込みをしてみよう」

伝次郎は与茂七に言ってから、彩雲堂に足を運んだ。すでに店は片付けにかかっていたが、応対に出た番頭が、

「何やら近所で騒ぎがあったようでございますね」

と、緊張の面持ちで聞いてきた。

「三村屋の番頭が何者かに刺されたのだ。幸い傷は浅くて大事なかったが、物騒《ぶっそう》なことだ」

「それじゃ、利兵衛さんですか」

番頭は両眉を持ち上げて目をまるくした。

「そうだ。とんだ災難だったが、刺した男は捕まえるつもりだ。それで、おえいを呼んでくれぬか。訊ねたいことがあるのだ」

番頭はすぐに取り次いでくれ、おえいが帳場にあらわれた。伝次郎は自分のこと

を名乗ってから問いかけた。

「すでに本所方の広瀬に話をしていると思うが、太兵衛殺しは上田屋にいた金三という男ではないかと目をつけている。いまは金三郎と名乗っているようだが、覚えていることでいいから教えてもらいたい」

「どんなことでしょう」

おえいはまだ三十前だろうが、すでに商家のおかみらしい貫禄《かんろく》があった。

「金三郎は店を飛び出すときに、そなたの親に乱暴をはたらき、罵声《ばせい》を浴びせてやめたと聞いた。なぜ、そんなことになったのか、それを知りたいのだ」

「そのわけは、わたしにもよくわかりません。おとっつぁんは、金三の面倒をよく見ていたと思いますし、藪入《やぶい》りのときには多めに小遣いをわたしていたぐらいです。ただ……」

「なんだね」

伝次郎は、おえいのきりっと持ちあがった眉を見た。

「金三は店に来たのが遅かったのです。たしか、わたしと同い年で十八の頃でした。ですから他の小僧さんより年が上で、隠れて煙草を吸ったり酒を飲んでもいました。

そんなときには番頭さんがきつく叱っていましたが……」

商家の多くは奉公人の飲酒喫煙を禁止している。

「番頭というのは喜兵衛かね」

「いいえ、奉公人の躾《しつけ》はおもに利兵衛さんがやっていましたから、粗相や店の掟を破ったときには厳しく叱りつけていました」

「利兵衛……」

「いまは店にはいません。二ツ目にあります三村屋という味噌問屋にいます。三村屋さんの番頭が四年前になくなって、その後釜《あとがま》になってくれと頼まれて移ったのです」

伝次郎は話の途中で「これは」と、内心でつぶやいた。

「利兵衛は上田屋にいたのか……」

「あら、ご存じなのですね」

「さっき、店の近くで何者かに刺されたのだ」

「えッ」

おえいは片手で口を塞いで驚いた。

「さいわい傷は浅くすんだので、命に別状はないが……」

伝次郎は壁の一点を凝視して、利兵衛を刺したのも金三郎ではないかと思った。

さらにいくつかのことを、おえいに問うた。

「ときどき妙に親切なことを言って近づいてきたり、変な目で見てきたり、わたしはあまり好きではありませんでした。ただ、金三が店を飛び出す前に、わたしはこの店に嫁いできておりましたので、どうしておとっつぁんに盾突《たてつ》くようなことをしたのか、よくわからないのです」

「柳橋と広小路で見かけたと聞いているが……」

「はい、向こうは気づきませんでしたが、わたしはすぐにわかりました。何をしているのか知りませんが、妙に気取ったなりをしていました。まるで洒落者のごろつきのようでしたわ」

おえいの金三郎に対する印象はよくない。

伝次郎は、何か気になることを思い出したら知らせてくれといって彩雲堂を出た。

すでに表は暗くなっていた。

「旦那さん、まだ聞き込みをつづけるんですか？　おれはいくらでも付き合いますよ」

与茂七が顔を向けてくる。

「いや、今日は引きあげよう。遅くなると千草も心配するだろう」

伝次郎は猪牙舟を舫っている河岸地に足を向けた。

四

翌朝、粂吉を迎えに行った与茂七が、いっしょに戻ってきた。

粂吉は伝次郎を見るなり、

「謹慎が解けたそうですね。ようございました」

と、凡庸な顔に笑みを浮かべた。

「解けたのはよいが、調べは厄介だ。手掛かりがほとんどない。それで、おまえの調べのほうはどうなのだ？」

「富蔵の面倒を見ていた金三郎のところまではよかったのですが、なかなか前に進めず手こずっています」

「ふむ。だが、あれは無駄ではなかった。じつは、金三郎は上田屋にいた奉公人だった」

「なんですって……」

条吉は目をまるくした。

「当時は金三と名乗っていてな。それで、広瀬が金三を知っている者から話を聞いて人相書を作っていたのだ。それを見せられたとき、これはと思った。つまり、金三と金三郎は同じ男なのだ。島田と広瀬の調べは行き詰まっているが、もつれた糸がほどけそうな気配がある。とにかく話はあとでする」

支度の終わっていた伝次郎は、土間奥に立っていた千草に、行ってくると言って自宅屋敷を出た。そのまま亀島橋の近くに舫っている猪牙舟に乗り込む。

雨あがりの朝は、空気が澄みわたり、空にも雲ひとつなかった。

猪牙舟に乗り込んだ条吉と与茂七を見た伝次郎は、棹をつかんで舟を出した。与茂七は昨日は着流しを尻端折《しりはしょ》りしていただけだったが、今朝は条吉と同じように股引に紺看板に平《ひら》ぐけ帯を締めていた。

条吉は十手を持っているが、与茂七は武器を持っていない。そのために伝次郎は防護のために短い木刀を与えていた。

伝次郎は舟を操りながら、昨日わかったことをかいつまんで粂吉に話した。

「島田の旦那は何を調べてらっしゃったので……」

粂吉は大まかな話を聞いたあとで、ぽつりとつぶやいた。何を言いたいかはわかるが、伝次郎は黙っていた。

「それにしても、上田屋から移った番頭までも刺されるとは……」

「金三郎という野郎は相当、上田屋に恨みを持っていたんでしょう。やめて六年たっているんですよ」

与茂七が憤った顔で言う。

「その間、金三郎はどこで何をしていたんだろう」

粂吉の疑問は、伝次郎の疑問でもあった。

「そうか六年か……」

伝次郎は棹から櫓に持ち替えて遠くを見る。

「旦那さん、六年もの間、恨みをためておくってェのは相当なもんだと思いませんか。おれだったら、さっさと殺《や》っちまってるかもしれない。ま、そんなことはしませんが……」

伝次郎は櫓を漕ぎつづけながら、六年という意味を考えつづけた。

金三郎は上田屋を飛び出すとき、主の太兵衛に食ってかかり、乱暴をはたらいている。心の内に鬱積《うっせき》したものをそれで吐き出してしまうのが普通だろうが、金三郎はなおも根に持っていたということか。しかし、六年の歳月があれば、恨みも薄れるはずだ。

太兵衛を殺そうと思う、何かきっかけがあったのか。

（そのきっかけとは……）

伝次郎は、朝日を照り返し、きらきら光る大川の水面を眺めて考えつづけた。

昨日と同じ一ツ目之橋の近くに猪牙舟を舫うと、そのまま連絡場にしている南本所元町の自身番を訪ねた。すでに島田元之助は来ており、小者の六兵衛と茶を飲んでいた。

「沢村殿、金三郎の人相書の摺り増しができています」

島田はそう言って、新たに刷りあがった人相書を伝次郎にわたした。粂吉と与茂七にもわたされる。

「新五郎のことは昨日はわからなかったので、今日あらためて調べなきゃなりません。それから奥山の勝蔵という掏摸の頭から話を聞かなければなりませんな。それで、沢村殿のほうは？」

「昨日、おぬしと別れたあとで刃傷《にんじょう》沙汰《ざた》があった。二ツ目の味噌問屋・三村屋の番頭が何者かに刺されたのだ」

「え、利兵衛さんがですか……」

驚きの声を発したのは、文机の前に座っていた書役だった。

「刺したやつのことはわからぬが、利兵衛という番頭は元上田屋にいた男だ」

「まことに……」

島田の太い眉が動いた。

「利兵衛は上田屋にいる頃、奉公人の躾《しつけ》をしていた。そのなかに金三郎もいた」

「それじゃ、利兵衛を刺したのも金三郎……」

「それはわからぬ。利兵衛は心あたりはないというが、他人の恨みは目に見えぬものだ」

「もし、金三郎の仕業なら、かなり執念深いってことになりますな」

「とにかく調べをつづけるしかない。おれは昨夜のことがあるので、もう一度利兵衛から話を聞かなければならぬ」

「ならば、わたしは新五郎のことを調べ、奥山の勝蔵に会うことにしましょう」

島田はそう言ったあとで、手に持っている金三郎の人相書に視線を落とした。

「いいだろう。では、そうしよう」

伝次郎の声で島田は立ちあがったが、与茂七に目を向けた。

「名はなんという？　聞いていなかったが……」

「与茂七です。よろしくお願いします」

「若いな。粗相をするなよ」

島田は一言言うと、そのまま六兵衛を連れて自身番を出た。

五

「広瀬の旦那の顔はありませんでしたが、いいんで……」

自身番を出たあとで粂吉が聞いてきた。

「やつは中之郷竹町の自身番殺しをあたっている」

「そういうことでしたか」

伝次郎はそのまま利兵衛が勤めている三村屋に行こうと思ったが、先に近くにある上田屋を訪ねることにした。

上田屋は開店の支度に追われていた。すでに番頭の喜兵衛が帳場に座っており、戸口を入った伝次郎に奇異《きい》の目を向けてきた。度々《たびたび》の訪問だからだろう。それでも、すぐに商人らしく表情をゆるめて、お早いですね、と挨拶をしてきた。

「朝の忙しいときにすまぬが、今日は太兵衛の女房に会いたいのだ」

「それではすぐにお呼びしますが、昨夜、利兵衛さんが刺されたと聞いてびっくりしているのです」

「近くにいて三村屋に運んだのはおれだ。命に関わる傷でなくて幸いであった。そうだ、利兵衛はこの店にいるとき、奉公人たちの躾役をしていたそうだな。そのとき、金三郎と何かなかっただろうか？」

「もうずいぶん前の話になりますね。あの男は、年がいってからうちに来たのですが、生意気なところがありました。年下でも一日でも早く奉公にあがった者が、目上というのが商家の習わしですが、金三は、あ、いまは金三郎というのですね。その金三郎は早くに入った年下の者たちの教えを素直に聞かないばかりか、手前どもの知らないところで威張り、力でねじ伏せていたので、度々利兵衛さんが叱りつけていました。しかし、それも奉公人たちへの躾ですし、金三郎もおとなしく話を聞いていたのですが……」

「主の太兵衛は何も言わなかったのか？」

「旦那様も、ことがあれば自分の部屋に呼んで説教をされていました。だからといって、殺すほど恨みを抱くというのは……」

わたしには信じられない、と喜兵衛は首をかしげ、太兵衛の女房おつたを呼びに行った。喜兵衛が戻ってくると、伝次郎は帳場裏の座敷に通され、そこでおつたと向かい合って座った。

「話すべきことはとっくに島田様に話しているのですが……」

おつたは少し迷惑そうな顔をした。

「下手人は、この店で奉公していた金三という男かもしれぬのだ。いまは金三郎と名乗っているようだが……」

「そのようですね。でも、わたしはどうしてあの男がいまになってと、思うのです」

「太兵衛は度々、金三郎に説教をしていたらしいが、その説教に何か問題はなかっただろうか」

「どういうことでしょう？」

おつたは深いしわを化粧で隠しているが、かえって目立つようになっていた。

「金三郎の人柄を傷つけるようなことを言ったとか、殴ったとか、そんなことだ」

おつたは少し視線を彷徨《さまよ》わせてから答えた。

「あの男は、うちの娘に手を出そうとしたんです。小僧《こ》のくせに、まだ一人前の奉公人でもないのに……。そのときは、ずいぶん厳しく説教をしたことがあります」

「娘というのは彩雲堂に嫁いでいるおえいのことだな」

「さようです」

「これも繰り返しになるが、金三郎がこの店を飛び出して姿を消すとき、太兵衛に食ってかかったらしいが、そのときどんなことを言っていたか覚えておらぬか？」

「わたしはそばにいませんでしたので、よくわかりません。でも、利兵衛さんならそばにいたので覚えているかもしれません。あの人もずいぶんひどいことを言われたようですから」

「三村屋に移った利兵衛だな」

「そうです。昨夜、通りで刺されたと聞いてびっくりしましたが、大事に至らなかったと聞いて胸をなで下ろしたところです」

伝次郎はやはり利兵衛から話を聞かなければならないと思った。

「大変でございますね。殺されたうちの亭主のためとはいえ、御番所の方はよくやってくださいます。ほんとうに頭が下がります」

おつたは言葉どおりに頭を下げた。

「それが務めであるからな」

「それにしても、島田様は何もかもひっくり返すようにお調べになりました。それも下手人を捕まえるためでしょうが……」

「何か気になることでも？」

伝次郎はおつたの言葉に、嫌《いや》みと取れるものを感じたから聞いたのだった。

「だって、店の表には出さない亭主の手文庫《てぶんこ》や帳面までお調べになったのです」

「手掛かりを探すために迷惑をかけることもある。勘弁してくれ」

伝次郎は今度こそ立ちあがって、上田屋を出た。

三村屋に出向いたが、やはり利兵衛は休んでいた。店の者に住まいを教えてもらい、そっちに足を運ぶ。

利兵衛の家は本所亀沢町にあった。小さな一軒家だ。大事を取って利兵衛は寝ていたが、女房の取り次ぎを受けて、戸口に近い座敷に出てきた。

「昨晩はお世話になりました。お陰様で命拾いをいたしました」

「顔色がよくなったようだ」

そこへ女房が茶を運んできたので、伝次郎はしばらく口をつぐんだ。

「お世話様でございます。どうぞよろしくお願いいたします」

女房が腰を折って挨拶してから下がると、伝次郎は本題に入った。

「上田屋にいた金三という奉公人を知っていると思うが、おぬしは躾役をしていたそうだな」

「あの男のことはあまり思い出したくありませんが、ひどい小僧でした」

「店では金三と名乗っていたようだが、いまは金三郎で通っているようだ。じつは上田屋太兵衛殺しはその金三郎ではないかという疑いが強くなった」

利兵衛の目が大きく見開かれた。

「その金三郎が店を飛び出す際、太兵衛に乱暴をはたらいたそうだが、そのとき、おぬしもそばにいたと聞いたのだ。いったいやつは何が不満でそんなことをしたのだ？」

「沢村様、じつは上田屋の旦那様が殺されたとき、わたしも金三ではないか、もしそうだったら、つぎは自分の番ではないかと肝を冷やしていたのです」

伝次郎は目を光らせた。

「なぜ、そう思う？」

「はい。金三はやめるときに旦那様に嚙みつきましたが、ずいぶんな荒れようで、手前どもの思いもしないことを口走りまして……それはひどい罵りでした」

「どんなことを言った？」

利兵衛はしばらく宙に視線を向けてから、その当時のことを語った。

それは一日の仕事を終え、大戸を閉めて間もなくのことだった。二階の小僧部屋から荒々しく下りてきた金三が、帳場に押しかけるようにしてやってきたと思った

ら、いきなり太兵衛の首根っこをつかみ、

「てめえら、おれの陰口《かげぐち》を言って馬鹿にしてやがるな！　何でおれを除け者にしやがる、おれはおれでちゃんとやってるじゃねえか！　それのどこがいけねえって言うんだ！　何かありゃ説教たれやがって、おれを悪者にしてやがる。ええ、おれのどこがいけねえって言うんだ、この老いぼれが！」

と、喚《わめ》くなり太兵衛を強く押し倒して、馬乗りになった。

「これ、金三。何をやっておるんだ！　やめないか！　旦那様に乱暴するなんてひどいではないか。これ、おやめ……」

利兵衛が止めに入ると、

「うるせえ！」

と、手を払って、怒りの矛先《ほこさき》を利兵衛に向けた。

「てめえも同じだ。てめえは旦那の手先だろうが、いいとこ見せようと思って、おれに八つ当たりばかりしやがって、ぶっ殺してやる！」

金三はそう喚くなり、帳場格子を倒して立ちあがった。その豹変《ひょうへん》ぶりと、あまりの剣幕《けんまく》に利兵衛は肝を潰した。

「いいか。こんな店、いつだって潰せるんだ。いい気になってるんじゃねえ！　この店に火をつけて丸焼けにしてやる。てめえら暗い道にはせいぜい気をつけるこった。おれは、いつかてめえらに仕返しをしてやる。覚えてやがれッ！」

金三はそのまま土間に飛び下りると、裸足《はだし》のまま店を出てそれっきり帰ってこなかった。

「いまでもどうしてあんな癇癪《かんしゃく》を起こしたのか、わたしにもよくわからないのです。まあ、説教はよくしましたが……それにしても、それだけであんな乱暴をして、口汚いことを言うことが解《げ》せませんでした」

利兵衛は茶に口をつけて、いったん話を終えた。

「しかし、その後、何もなかったのだな。金三郎が飛び出してから六年もたっているのだ」

「さようです。しかし、あの男は辛抱が足らないくせに小賢《こざか》しいというか、妙に小《こ》利口《りこう》なところがありました。わたしは、ああ、この男は商人には向かないなと思っていたのですが、それでも何とか一人前になってもらおうという親心はありました。

旦那様も同じだったはずです」

「金三郎が癇癪を起こすきっかけがあったのではないか？」

「さあ、いまとなってはわからないことです」

伝次郎は短く考えてから、利兵衛に顔を戻した。

「その後、金三郎がどこで何をしているか聞いたことはないだろうか？」

「いやあ、ありませんね」

利兵衛の家をあとにすると、

「与茂七、昨夜、利兵衛を襲った者か、あやしい男を見た者がいるかもしれぬ。二ツ目界隈に聞き込みをかけてくれるか」

伝次郎に言われた与茂七は、驚くとともに嬉しそうに目を輝かせた。

「おれが聞き込みを……」

「できぬか？」

「いえ、やらせてもらいます。それに金三郎の人相書も預かっているんで、ついでにそっちもあたります」

「頼んだ」

伝次郎はそのまま行こうとしたが、すぐに与茂七が呼び止めた。なんだと言って振り返ると、

「さっきの話です。金三郎が店をやめるときのことですが、おれはなんとなくわかる気がします」

そういう与茂七に、伝次郎は眉宇をひそめた。

「金三郎がどんな人間か知りませんが、使ってくれている人やはたらいている仲間に、無下《むげ》にされたり、仲間外れにされたり、実際はそうではなくても、なんとなくそんなふうに思われているってェことはわかるんです。だから自分を省みたりもしますが、逆におれのどこがいけないんだと、腹を立てたくもなります。利兵衛さんも上田屋の番頭さんも金三郎を大事にしていたと言いましたが、金三郎はそう感じていなかったのかもしれない」

「ふむ」

「心を通い合わせる人がいないと、どんどん独りぼっちになり、人に言えない淋しさに耐えなきゃならない。耐えられればいいけど、鬱憤《うっぷん》をため込んでしまい、そのあげく自棄《やけ》になることもあります。……おれにもそういうことがあったから、なん

となくそうではないかと思ったんです。すいません、余計なことを言っちまって……」

与茂七はぺこりと頭を下げた。

「いや、言いたいことはわかる。金三郎もそうだったのかもしれぬ。だからといって、自分が仕《つか》えている人に乱暴をはたらくのは考えものだ。それに、金三郎の行《ぎょう》状《じょう》はあまりよくなかった。仲間の奉公人から疎《うと》まれたとしたら、行状の悪さが因《もと》だったのかもしれぬ」

「……そうですね」

「それに人を殺したり、傷つけたりするのは人の道に外れていることだ」

粂吉が言葉を添えた。

「すいません。やっぱりおれの間違いです」

「いや、そうではない。いいことを教えてくれた。おまえの正直さが気に入った」

伝次郎が言うと、与茂七は嬉しそうに頬をゆるめたが、同時に目をうるませた。

鼻っ柱が強いくせに、涙もろい男なのだ。

「何かわかったら、南本所元町の番屋に知らせるか、おれたちを待つんだ。何があっても無茶はするな」

伝次郎は小さくうなずく与茂七を見ると、そのまま背を向けた。

六

その日、伝次郎は粂吉を伴って、富蔵が留守を預かる形で居候していた忠次郎の長屋と、その界隈に聞き込みをかけた。

しかし、金三郎を見たという者はいなかった。

「尻尾でもつかまえることができりゃいいんですがね」

聞き込みに疲れた顔で粂吉が愚痴《ぐち》る。

「島田と広瀬のほうはどうだろうな。そのことが気になってきた」

伝次郎は鳥越《とりごえ》川に架かる甚内《じんない》橋の上に立ち止まって、澄みわたっている空を眺めた。二羽の鳶が戯《たわむ》れるように飛んでいて、急降下をして町屋の屋根の向こうに姿を消した。

「粂吉、同心の宗像平三郎のことは知っているな」

「へえ」

「忠次郎のことを調べてもらっている。そろそろ調べは終わっている頃合いだ。捜して会ってきてくれぬか」

「忠次郎のことを聞けばいいんですね」

「そうだ」

「わかりましたら、番屋に行きます。遅くなるようでしたら、旦那の家を訪ねることにします」

「そうしてくれ」

伝次郎はその場で粂吉と別れると、浅草に足を向けた。島田元之助は奥山の勝蔵という掏摸の親分に会いに行っているはずだ。富蔵はその勝蔵の子分だったようだから、もう何かわかっているかもしれない。

すでに昼が過ぎ、日は西にまわりはじめていた。

島田と小者の六兵衛を捜したが見あたらないので、奥山に入ってしばらく雑踏を眺めた。ここは江戸有数の盛り場である。

等身大に作られた役者や花魁《おいらん》の生人形《いきにんぎょう》、あるいは鳥獣草花の籠《かご》細工などの見世物小屋が建ち並び、広場では居合《いあい》抜きや曲独楽《きよくごま》、あるいは足芸などの大道芸人が人の目を引いて商売に励んでいる。

参詣ついでに遊びに来た者もいれば、奥山目あてに来た者もいる。あふれるような人混みだ。ここだけ見れば、諸国が飢饉に喘いでいるということを忘れそうである。

しかし、この賑《にぎ》わいに乗じて掏摸やかっぱらいも横行している。伝次郎は掏摸に知り合いがいたが、それは昔の話である。しばらく町奉行所を離れている間に、その掏摸のことはわからなくなっている。

奥山の勝蔵の住まいを知りたいのだが、こういうことなら髪結いの安太郎に詳しく聞いておくべきだったと後悔する。これから安太郎を訪ねても、廻り髪結いなので自宅長屋にはおそらくいないだろう。

ならば、掏摸を捜すしかないと、奥山の雑踏をゆっくり歩き、ときどき立ち止まって不審な動きをする男に目をつけた。ぶらぶらと流し歩いては、通行人を品定めするように見ている者がいた。

年は与茂七と同じぐらいで、切れ長の目だ。滝縞《たきじま》の着物に鉄紺《てつこん》の帯、手拭いを腰に下げ、白足袋《しろたび》に雪駄《せった》だ。

伝次郎はその滝縞の男を、おそらく掏摸だとにらんだ。ゆっくりと気取《けど》られないようにあとを尾け、様子を窺う。

滝縞の男は一度楊枝《ようじ》店のほうにまわり、楊枝売りと世間話をしてまた引き返してきた。

百日紅《さるすべり》の木の下で立ち止まり、また通行人を睨《ね》めまわすように観察している。伝次郎はその男を、獲物を狙う鷹《たか》のような目になって注視する。

滝縞の男が動いたのは、それから小半刻ほどたってからだった。浅草寺本堂の参道につづく道を歩き、小さな風呂敷包みを抱え持つ女のあとを追っている。

(目をつけたな)

伝次郎は滝縞の男が掏《す》るまで待つ。

現行犯でないと掏摸として捕まえられないからだ。

男が動いたのは参道に入ってからだった。女の背後に急接近し、横に並んだと思ったらそのまま、寄りかかるようにして女を倒した。

「あっ」

女が悲鳴をあげて倒れたとき、滝縞の男は女がとっさに離した巾着《きんちゃく》をつかみ取り、懐にしまった。そのまま逃げようとしたが、

「待ちな」

と、伝次郎が後ろ襟をつかんだので、ギョッと顔を振り向けた。

「掏ったな」

伝次郎は言うなり、逃げられないように掏摸の腕を強くつかみ、

「姐《ねえ》さん、怪我はないか？」

と、転んでいる女に声をかけ、掏摸の懐から目にもとまらぬ早業《はやわざ》で、巾着を取りあげた。

「こいつは掏摸だ。気をつけて帰るんだ」

と言い置いて、掏摸を歩かせた。

「何しやがんだ。おれは何もしてねえぜ。妙なことしやがると黙っちゃいねえからな」

掏摸は意気がるが、伝次郎は毫《ごう》も動ぜず、

「南町の沢村だ」

「げッ」

驚いた掏摸は急に怖《お》じ気《け》づいた顔になった。

「逆らうんだったら、このまま縄をかけてしょっ引くぜ」

「ちょ、ちょっと、それは勘弁を」

「だったら、聞くことに答えてもらおう」

伝次郎は、そのまま参道を離れた路地に入って訊問を開始した。

「おぬしの名は？」

「清吉《せいきち》です」

「富蔵という男を知らないか？　同じ掏摸仲間のはずだ」

「富蔵……いや、あっしは知らないです」

伝次郎は、清吉と名乗った掏摸の切れ長の目を凝視《ぎょうし》する。

「それじゃ、忠次郎という男はどうだ？」

これも知らないと言った。掏摸と一口に言っても、それぞれに親分がいて、縄張りを持っている。同じ親分の子分ならすぐわかるのだろうが、清吉は違う一家のようだ。

「おまえの頭は誰だ？」

「なんで、そんなこと聞くんです？」

「奥山の勝蔵という掏摸の頭がいるはずだ。知っているか？」

「名前は知っていますが、会ったことはありません。あっしは橋場《はしば》の竜吉《たつきち》親分の子分ですから」

言ったあとで清吉は、しまったという顔をした。親分の名を口にしたからだ。

伝次郎が執拗《しつよう》に訊問をしていくと、清吉はついに音《ね》をあげ、

「勝蔵さんなら馬道《うまみち》に住んでいます」

と、白状し、あとのことは知らないと言う。念のために金三郎の人相書を見せたが、まったく見知らぬ男だと目をしばたたく。

嘘を言っている顔つきではなかったので、勝蔵の家を詳しく聞いて目こぼしをして放してやった。

「おや、沢村殿……」

伝次郎が勝蔵の家の前に来たとき、戸口から島田が出てきた。

「勝蔵には会えたのか？」

伝次郎の問いに島田は首を横に振った。

七

「勝蔵はいい気なもんで湯治場《とうじば》に遊びに行っています。帰りは明日か明後日という話でして……。それで、よくこの家がわかりましたね」

島田は勝蔵の家を振り返って言う。

「奥山で掏摸を捕まえて聞いたのだ。湯治場というがどこへ行っているのだ？」

「箱根《はこね》です。十日ほど前に江戸を発ち、二、三日ゆっくりして帰ってくるという話です」

「致し方ないな。では、帰りを待つしかないか……。それで、金三郎の請人だった新五郎のことは……？」

「先にそっちを調べていたんですが、さっぱり埒《らち》があきませんで……」

島田はため息をつく。

「では、金三郎の人相書を頼りに聞き込みをするか」

「それしかありませんな」

島田は六兵衛を連れて、浅草を中心に輪を広げるように聞き込みをしていくと言う。伝次郎は粂吉からの知らせと与茂七の調べが気になっているので、いったん連絡場にしている南本所元町の自身番に戻った。

自身番には与茂七がすでに待っており、上がり框で茶を飲んでいた。

「旦那さん……」

与茂七は湯呑みを置いて立ちあがった。

「何かわかったか？」

「利兵衛を襲ったらしい男は、昨日の昼頃から見られています。三村屋の前をうろついている男を見ていた車力《しゃりき》がいるし、そいつに似た男が近所の茶屋にずいぶん長く居座ったりしています。それから、刺したあと小走りで逃げる男を見た者もいました。そいつは、竪川の河岸道から慌てたように駆けてきて、相生町三丁目の角を曲がると、そのまま竪川通りを東のほうに去ったようです」

「車力や茶屋の者はその男の顔を見ておらぬか？」

「人相書を見せましたが、こいつのような気もするし、そうでないかもしれないと。

手拭いで顔を隠すように頬っ被りしていたので、はっきり見ていないんです。ただ背恰好は似ている気がすると言います」

伝次郎は壁の一点を凝視してから、

「そやつは竪川通りを東へ逃げるように去ったのだな」

と、与茂七に顔を戻した。

「そう聞きました……」

伝次郎は利兵衛を襲った男の行方を推量した。与茂七から聞いたことを考えると、横川《よこかわ》に架かる北辻橋《きたつじ》をわたった先へ行ったか、あるいはその手前の町に消えたか、そうでなければ途中で武家地に入ったのか……。

漠然《ばくぜん》としすぎていて追いようがない。

「条吉はまだ戻ってこないか……」

伝次郎は自身番の表を短く眺めて、

「与茂七、ついてこい」

と、表へうながし、詰めている書役にすぐ戻ってくると言い置いて表に出た。

「どこへ行くんで？」

「髪結いの安太郎という男がいる。そやつは富蔵とつるんでいた掏摸を知っているので、調べさせているのだ。いるかどうかわからぬが、訪ねてみる」

八つ（午後二時）過ぎの長屋は静かだった。赤子の泣き声も、亭主に愚痴をこぼす女房の声もなかった。

留守にしているかもしれないと半ばあきらめていたが、安太郎は戸口を開けたまま、居間に座って剃刀《かみそり》を研《と》いでいた。

「邪魔をするぜ」

声をかけるなり、安太郎の顔があがり、はっと驚いたように目をみはった。

「旦那に会わなくちゃならないと思っていたとこなんです」

「わかったのだな」

「へえ、富蔵とつるんでいたのは、奥山の勝蔵の手下でした」

安太郎は研いでいる途中の剃刀を脇に置いてつづける。

「あっしが顔を知っているのは、弥吉《やきち》という男です。富蔵は他の掏摸仲間とつるんでもいましたが、あっしがはっきり覚えているのはその弥吉です」

「そやつの居所はわかるか？」

「福井町《ふくいちょう》一丁目の源兵衛《げんべえ》長屋です。銀杏《いちょう》八幡のすぐそばですから、行けばわかると思います」

伝次郎はきらっと目を光らせた。

「それで他にわかっていることはないか？」

「弥吉の家を探しあてるのが精いっぱいでしたので……」

「手間をかけさせた。これは酒手《さかて》だ。取っておけ」

伝次郎は気前よく小粒二枚をわたした。こういったときはケチらないことだ。また助をしてくれるかもしれないからである。

「弥吉に会うんですね」

安太郎の長屋を出るなり、与茂七が顔を向けてくる。

「一度、連絡場に戻ってから会いに行く。場合によってはしょっ引いてもいい」

伝次郎は半ばその気でいた。軽い罪状ならいくらでも作れるのが、奉行所の与力・同心である。もちろん、真相を知るための脅しであるが。

南本所元町の自身番に近づくと、表の床几に座っていた粂吉が伝次郎に気づいて立ちあがった。

「宗像の旦那に会ってきやした」

「会えたか。それで、なんと言っていた？」

「はい、上方に逃げている忠次郎は、新五郎という掏摸の子分でした」

「新五郎……」

また、同じ名が出た。

（上田屋に奉公にあがった金三郎の請人も……）

伝次郎が内心でつぶやく間も、粂吉は話をつづけた。

「忠次郎は二度ばかり、盗みの咎《とが》で捕まっていますが、盗んだ金が少なかったので、盗まれた商家の主と内済《ないさい》して難を逃れています。上方に逃げたのは、目を光らせている宗像の旦那を嫌ってのことのようです」

「富蔵とはどんなつながりなのだ？」

「富蔵が掏摸だったのなら、おそらく奥山の勝蔵の手下だったはずだと、宗像の旦那はおっしゃいました。それから、忠次郎は神奈川《かながわ》の出で、江戸に出てきたのは二年ほど前のことです。そして、江戸で面倒を見ていたのが、どうも金三郎のようなのです」

「金三郎が忠次郎の面倒を……」

「へえ、わかったのはそれぐらいだと、旦那にそう言っておけといわれまして……」

伝次郎は粂吉が座っていた床几に腰を下ろして腕を組んだ。傾いた日の光が、商家の屋根をすべり降り、暗かった路地を照らしていた。

「宗像は金三郎のことを知っていたのか？」

伝次郎のつぶやきに、粂吉はすぐに応じた。

「いいえ、宗像さんは名前を知っているだけです。どこで何をしているのか、それはご存じありませんでした」

「さようか。……それで、新五郎という掏摸の居所はわからぬのだな」

「それはあっしも聞いたんですが、何でも手が離せないほど忙しいらしく、調べには時がいると言われまして……」

おそらく宗像平三郎も自分の抱えていることで手いっぱいなのだろう。

「広瀬の旦那だ」

与茂七が一方を見て声を漏らした。伝次郎がそっちを見ると、小一郎が八州吉といっしょに急ぎ足でやってきた。

「沢村さん、番屋の書役殺しですが、わたしが昨年の暮れに捕まえた新五郎という掏摸の仲間かもしれません」

「なんだと……」

伝次郎はまじまじと小一郎を見た。

第六章　蔵のなか

一

「その新五郎こそが、金三郎の請人だったようです」

「どういうことだ」

伝次郎は小一郎を見る。片頰が傾いた日の光を受けていた。

「昨年暮れのことです。殺された書役の久右衛門が竹河岸《たけがし》の前で掏摸を見つけたんです。たまたま、わたしがそばにいて、その掏摸を追いかけて押さえました。そいつは巾着切《きんちゃくき》りをやって、堺屋《さかい》という荒物《あらもの》屋の巾着を盗んでいました。わたしが見ていたわけではありませんが、久右衛門が間違いないというので、そのましょっ引いたんです。そやつが新五郎という男でした。表向きは錺職人ですが、掏摸の頭という裏の顔があったんです。捕まったのがそれで四度目でしたから、逃げようがありません。そして、先月の末に小塚原《こづかっぱら》で刑死しています」

「その新五郎が金三郎の請人だったというのは、なぜわかった？」

「新五郎を捕まえたときに、やつが住んでいた長屋で聞き込みをしていると、妙だなという話を聞いたのです。新五郎が長屋の連中に、おれには倅《せがれ》がいるが、どうにもしようがない男で、奉公先をやめて遊び人になった。おれの躾が足りなかったと、そんなことをぼやいています。そして、何度かその倅が遊びに来ているんですが、そのたびに怒鳴って追い返してたらしいのです。敷居をまたぐなと言って。それで、金三郎の人相書を見せますと、それが倅だと誰もが口を揃えて言います」

「つまり、金三郎の養父だった新五郎は、すでにこの世の者ではないということか……」

伝次郎は朱に染まりはじめている雲を眺めながら、短く思案した。

「まさか、あの新五郎と金三郎の請人が同じだと思わなかったばかりに……」

小一郎は悔《くや》しそうに唇を嚙む。

「書役の久右衛門を殺したのが金三郎なら……」

「なんでしょう……？」

「養父だった新五郎の恨みを晴らすためだったのかもしれぬ。久右衛門は新五郎が掏ったのを見ている。そして、近くにいたおぬしが押さえた」

「さようです」

「当然、吟味の折には久右衛門の証言もあった」

「ありました」

「新五郎の罪はそれで裁決された。ひょっとすると、富蔵はおれとおぬしを間違えて声をかけたのかもしれぬ」

「え、どういうことです？」

小一郎は大きく見開いた目で伝次郎を凝視した。

「あのときだ。富蔵に声をかけられる前、おれはおぬしと会って居酒屋で軽く引っかけた。そして、店の表で別れた。すでにあたりは暗くなっており、広小路が近いので人も多かった。富蔵はおぬしを上田屋の蔵に呼び出すつもりだったが、間違っておれに声をかけた。おぬしはおれより細身だが、背丈は似ている。知らない者がちょっと後ろから見ただけでは、はっきり見分けはつかないかもしれぬ」

「それじゃ、わたしが蔵に呼び出されて、下手人に仕立てられたかもしれないと、そういうことですか？」

「おれは富蔵も金三郎も知らぬし、新五郎も知らぬ。まして上田屋との付き合いもない。なぜ、おれが下手人に仕立てられるようなことになったのか、そのことがずっとわからなかった。だが、富蔵がおれとおぬしを間違えて、おびき出したというのならわかる」

「つまり、新五郎を捕まえたわたしへの復讐《ふくしゅう》ということですか……」

「番屋の書役・久右衛門が殺されているのだ。考えられないことではない」

「富蔵は殺されているのです。それをどう解釈します？」

「金三郎と富蔵がつるんでいたのはたしかだ。富蔵は金三郎の指図を受け、間違っておれに声をかけた。そういうこともかもしれぬ」

「もしそうなら、旦那」

八州吉が顔をこわばらせて小一郎を見た。

「沢村さんの推量どおりなら、旦那は命を狙われているってことになりませんか」

小一郎は否定するように首を振り、

「不吉なことを言いやがる」

と、口の端に苦笑を浮かべた。

「いや広瀬、気をつけたほうがよい」

「沢村さんまでそんなことを……。ま、それはともかく、気になることがあります」

小一郎は伝次郎に真顔を向ける。

「何だ」

「富蔵の刺し傷と、書役の久右衛門の傷です。やり方が似ている気がするんです。沢村さんは、上田屋の刺し傷を見ていますか？」

「いや、詳しくは見ておらぬ。おぬしが見たのではないか？」

「あのときは気づきませんで、検視をしたのは原崎慈庵でした。あの先生に聞いてみようと思うのです。もし、刺し方が同じなら、下手人も同じはずです」

小一郎はそう言ったあとで、刺し傷の特徴を話した。つまり、ただ単に深く刺すのではなく、抉《えぐ》るような刺し方だったということだ。

「それはたしかに気になるな。そして、もし同じ刺し方だとなったら、下手人はひとりに絞ってよいだろう」

「これから慈庵先生に会って話を聞いてきます」

「そうしてくれ。おれは弥吉という掏摸に会いに行ってくる」

「そいつは何者です？」

「富蔵の掏摸仲間だ」

伝次郎がそう答えたとき、島田元之助と六兵衛が戻ってきた。

「島田さん、新五郎のことがわかりました」

小一郎が真っ先に教えると、島田の太い眉が動いた。

「新五郎はもう死んでいます。死罪になっていたんです。それも、わたしが捕まえた掏摸でした」

「なんだと……」

小一郎は伝次郎に話したことと同じことを説明した。

「そういうことだったのか。それで、下手人の手掛かりは？」

「沢村さんと話をしていたんですが、番屋の久右衛門殺しも、上田屋と富蔵を殺したのも同じやつかもしれません。それをいましかめに行くところです」

「どういうことだ？」

島田は小一郎と伝次郎を交互に見る。

小一郎はまた、さっき伝次郎とやり取りしたことをかいつまんで話した。

「てことは、金三郎の仕業《しわざ》だってことか……。じつは金三郎を捜せそうなのだ」

そういう島田を、伝次郎はさっと見た。

「やつに似ている男が出入りしている店があるんです。人相書を見せたら、よく似ているというんですよ。今夜はその店を見張るつもりです」

「それはどこの店だ？」

「浅草材木町《ざいもくちょう》にある麦屋《むぎ》という小料理屋です」

「竹町之渡《たけちょうのわた》しに近いところではないか……」

「ご存じで？」

島田が少し意外だという顔で伝次郎を見た。

「何度か行ったことがある。昔のことだが……」

「店が暖簾をあげるまでまだ間があるんで戻ってきたんですが、なるほど新五郎は死罪になっていたのか……」

「とにかく、わたしは慈庵先生に会ってきます。そのあとで、麦屋に行きましょう」

小一郎は八州吉を連れてそのまま去った。

「沢村殿は……」

島田が顔を向けてくる。

「富蔵の掏摸仲間だった弥吉という男に会う。そのあとで麦屋に行く」

「承知しました。では、のちほど……」

二

伝次郎は猪牙舟を使って大川をわたるとそのまま神田川に入り、浅草橋をくぐり抜け、その先の左衛門《さえもん》河岸に猪牙舟を舫った。

浅草福井町一丁目の源兵衛店はすぐにわかった。だが、弥吉は留守にしていた。

伝次郎の決断は早い。同じ長屋の者に、弥吉のことを聞くと、

「あの人は下戸《げこ》のせいか、夜遊びは滅多にしませんね。いつも帰りは早いほうですよ」

年増のおかみがそう答える。

「このこと、内緒にしてもらいたいのだが、この男が弥吉の家に出入りしたようなことはないだろうか？」

伝次郎は金三郎の人相書を見せた。

おかみは首をかしげただけで、すぐに顔をあげ、

「ないと思いますよ。それにあの人は友達が少ないのか、滅多に人は来ませんから」

と言う。

「さようか。呼び止めてすまなかった」

「あの、弥吉さんが何かしでかしたんですか？」

おかみは好奇心の勝った目を向けてくる。

「弥吉は何もしていない。ただ、この男と付き合いがあったかもしれないだけだ」

「なんだ、そういうことですか」

なぜか、おかみは残念そうな顔をする。

伝次郎は弥吉の人相と背恰好を聞いてから長屋を出るなり、

「よし、待とう」

と、粂吉と与茂七に告げた。

長屋の木戸口のすぐ脇に枡酒屋《ますさかや》（小売酒屋）があり、床几《しょうぎ》が表に出されていた。

伝次郎は店の者に断ってその床几に腰を下ろした。粂吉と与茂七も並んで座る。

すでに日は翳り、風が冷たくなっていた。近所の家々では夕餉の支度をしているらしく、通りに煙がたなびいていた。

「広瀬さん、大丈夫ですかね」

与茂七がぽつんと漏らした。

「どういうことだ？」

伝次郎は与茂七を見る。

「だって、金三郎が広瀬さんを狙っていたんだったら、生きていることを知っているはずですよね。育ての親だった新五郎が死罪になったのは、広瀬の旦那に捕まったからでしょう」

「うむ」

「ひそかに広瀬さんを狙っているんじゃないでしょうね」

伝次郎の胸に不安がよぎった。与茂七の考えをまったく否定できないからだ。

「やつはひとりではない。八州吉がそばにいる。滅多なことで襲われはしない。それに広瀬はなかなかの遣《つか》い手《て》だ」

「なら、いいんですけど」

伝次郎は暗くなっている空を見た。

名残日を受けていた雲が、いつの間にか色を濃くしていた。

目の前の狭い通りを仕事帰りの職人や、買い物帰りのおかみ連中が通っていく。道の端で遊んでいた三人の子供が、楽しそうにしゃべりながら三丁目のほうへ歩き去った。

「なっとなっとなっとぉ。なっとなっとなっとぉ」

納豆売りが角からあらわれ、通りを流し歩いて去って行く。それと入れ替わるように通りにあらわれたひとりの男がいた。

背は低く、豆粒のような目だ。縦縞の着物を着流し、雪駄履き、年は二十五、六だろうか。

「旦那、あいつでは……」

粂吉も気づいたらしく、そう言う。

伝次郎が気取られないように見ていると、男は源兵衛店に入っていった。与茂七がすぐに腰をあげ、木戸口からのぞき込み、伝次郎を振り返った。

「そうです。弥吉の家に入りました」

伝次郎はすぐに立ちあがった。

「逃げられるようなことがあると面倒だ。おまえたちは戸口の脇で待っていろ」

伝次郎はそのまま弥吉の家の前に行き、腰高障子を小さく叩き、

「邪魔をする」

と言うなり、戸を開けた。

「弥吉というのは、おまえさんだな」

居間にあがったばかりの弥吉が、中腰のままギョッとした顔を向けてきた。

「なんです？」

「南町の沢村という。いくつか教えてもらいたいことがある」

伝次郎はそのまま敷居をまたいで三和土《たたき》に立った。町方と知ったせいか、弥吉の目が狼狽《ろうばい》していた。

「まあ、そこに座れ。おまえをどうこうしようというのではない。それに、おまえが奥山の勝蔵の子分だというのも知っている」

弥吉は顔をこわばらせたまま、ゆっくり腰を下ろした。伝次郎も上がり口に腰掛ける。

「いい加減なことをぬかせば、しょっ引くかもしれぬ。正直に訊ねることに答えてもらいたい」

「へえ」

弥吉は喉仏を動かし、ゴクッと生唾《なまつば》をのみ込んだ。

「掏摸の富蔵を知っているな」

「へえ、まあ……」

弥吉は曖昧に答えた。

「では、金三郎という男を知っているか?」

「富蔵さんから聞いたことがあるだけで、会ったことはありません。何でもおっかない人だと言うんで、おれは近づきたくないと思っています」

「富蔵からどんな話を聞いた。その金三郎のことだ」

伝次郎は弥吉をじっと見る。

小柄な弥吉は伝次郎の眼光に、すっかり気圧《けお》されている。

「新五郎という人に仕込まれたいい掏摸だったけど、足を洗って奉公に出たと。それからその奉公先を飛び出して、神奈川へ行って戻ってきたといったようなことです」

「神奈川……」

「へえ、駒岡という村があるそうで、そこで知り合った忠次郎を連れて戻ってきたんです。その忠次郎は金三郎の世話で、新五郎さんの子分になったと聞いています」

なるほど、駒岡の金三郎と言われるのは、そのせいかと伝次郎は納得した。

「それで、金三郎がどこに住んでいるか知らないか。聞いているなら教えてくれ」

「金三郎さんが何をしたんです」

「おそらく殺しだ。それも三人もだ。そのなかに富蔵も入っている」

「えっ」

弥吉は豆粒のような目を見開き、心底驚いた顔をした。

「金三郎の居所に心あたりはないか？」

弥吉は「さあ」といって首をかしげる。

「富蔵からも聞いていないか。金三郎に女がいるなら、そんな話が出たはずだ」

「いやあ、そこまでは知りません。ただ、金三郎さんは博打《ばくち》が強いってことです。賭場《とば》の用心棒とつるんで恐喝《きようかつ》して稼いでいるとか……。知っているのはそのぐらいです」

金三郎は賭場に出入りしているのかと、伝次郎は内心でつぶやく。

「用心棒とつるんでいるというのは穏やかでないな。どこの賭場に出入りしているか、それはわからぬか？」

「いやあ、それもわかりません。旦那、あっしはほんとに詳しくないんです。富蔵さんからもそんなに聞いちゃいませんし。でも、富蔵さんが殺されたってェのはほんとうで？」

「ちょっと前だ」

「殺したのは金三郎さんで……」

弥吉からこれ以上引き出すものはないと、伝次郎は判断した。

「いま、それを調べているところだ。ところで、おまえの親分の勝蔵だが、湯治に行っているらしいな。いつ帰ってくるか知っているか？」

「多分、明日あたりでしょう。でも、親分は人を殺すような人じゃありませんよ」

「話を聞きたいだけだ。ま、よい。邪魔をした」

伝次郎はそのまま腰をあげた。

三

麦屋の近くまで行ったとき、六兵衛がどこからともなくあらわれ、

「沢村の旦那、こっちです」

と、一方にうながした。

伝次郎と粂吉と与茂七はそのあとに従う。行ったのは麦屋を見張れる小さな小間《こま》物《もの》屋の一階だった。島田が店主に話をして見張り場として借りていたのだ。

「やつはまだ来ませんが、ときどき人相のよくない浪人を連れてくるそうです」

伝次郎が店のなかに入るなり、島田が言う。

「おそらく賭場の用心棒だろう」

「なぜ、それを」

島田が驚き顔を向けてくる。

「富蔵とつるんでいた弥吉に会って聞いたのだ。だが、弥吉は金三郎に会ったことはない。ないが、富蔵から話を聞いている。金三郎は博打が強いらしい」

「出入りの賭場は？」

「弥吉は知らなかった。それから、金三郎は上田屋をやめたあと、神奈川に引っ込んでいたらしい。そこで知り合ったのが上方に逃げている忠次郎という掏摸だ。忠次郎が掏摸になったのは、金三郎の仲介があったからのようだ」

「すると、忠次郎も新五郎の子分なんですね」

「そのようだ。奥山の勝蔵は明日か明後日帰ってくるはずだ。勝蔵に会えれば、他にわかることがあるかもしれぬ」

「その前に金三郎をしょっ引くことができれば手間が省《はぶ》けます」

島田はそのことを期待しているようだ。

「金三郎に女の気配は？」

「聞きましたが、店に連れてきた女はいままでいないと言います」

「ふむ」

伝次郎は格子窓から見える麦屋に視線を注ぐ。間口九尺（約二・七メートル）の小さな店だ。戸口と路地に掛行灯《かけあんどん》のあかりを落としている。

小半刻ほどたったとき、ひとりの客が酔った足取りで出てきた。それからしばらくして職人ふうの男が二人店に入った。

戸口が開いたときに、店の様子がわかった。奥行きは二間《けん》ほどで、土間に置かれた幅広床几に座っている客は三人のみで、初老の亭主がひとりで切り盛りしている。

さらに半刻《はんとき》（約一時間）たった――。

その間に店の客が入れ替わり、いまは二人しかいなかった。金三郎のあらわれる様子はない。

「広瀬さんはどうしたんでしょう。なかなか来ませんね」

粂吉がつぶやく。

伝次郎もそのことが気になっていた。小一郎は医者に会って話を聞いたら、すぐこっちに来るはずだ。少し遅すぎると思っていた。

「粂吉、医者の原崎慈庵の家を知っているか？」

「南本所元町だというのはわかっていますんで、探せばすぐわかるはずです」

「どうしたんです？」

島田が怪訝《けげん》そうな顔を向けてくる。

「広瀬の帰りが遅い。何かあったのかもしれぬ」

「………」

「粂吉、ひとっ走り行ってきてくれないか」

「だったら、おれが行きます」

与茂七が立ちあがって、おれのほうが早いですよと言葉を添える。

「よし、ではおまえに頼む」

伝次郎に言われた与茂七は、すぐに見張り場を出て行った。

「医者の帰りが遅いだけなのでは……」

島田はのんきなことを言う。

こういった状況の場合、楽観視するのはよくない。常に最悪の事態を想定し、気をゆるませないのが肝要《かんよう》である。島田はその辺の配慮に欠けている。気をゆるめてはならぬ」

「おれたちは何人も殺しているはずの男を捜しているのだ。気をゆるめてはならぬ」

伝次郎の言葉が効いたのか、島田はむすっとした顔で黙り込んだ。

気まずい沈黙がしばらくあったが、伝次郎が口を開いた。

「おれはなぜ殺されなかったのだろう……」

島田がいきなりどうしたのだという顔を向けてきた。

「おれは富蔵に上田屋の蔵に連れて行かれて襲われた。だが、相手はおれを殺さなかった。暗かったから、それで死んだと思ったのかもしれぬが……」

「それにしてはご丁寧《ていねい》に、沢村殿に血糊《ちのり》のついた短刀をにぎらせていました」

「おれが広瀬でないと知ったから、そうしたのだろうか。もし、そうだとしても、なぜ短刀をにぎらせ、下手人に仕立てようとしたのか……」

「端から殺すつもりがなかったのでは……。下手人に仕立てれば、真の下手人は罪を逃れることができます」

「するとそやつは、広瀬を上田屋殺しの下手人にしたかったということか……」

「金三郎の仕業なら、育ての親だった新五郎を捕まえたという恨みかもしれません」

「だが、新五郎が掏ったのに気づいた書役の久右衛門は殺された。新五郎をしょっ引いて牢送りにした広瀬を生かしておくのはおかしい。広瀬が捕まえたから、新五郎は死罪になったのだ」

「そう言われると、腑《ふ》に落ちぬものがありますね」

島田は気難しそうな顔をして首をかしげる。

そのとき、六兵衛が表を向いたまま、

「広瀬の旦那が来ます」

と告げ、見張り場を教えるために表に出ていった。

「金三郎を見つけました」

小一郎は見張り場にやってくるなり言った。

伝次郎がさっと小一郎を見れば、島田が口を開いた。

「それでどうした？」

「おそらく間違いないと思うのですが、よく似ていたのです。あとを尾《つ》けましたが、気づかれたのか途中でわからなくなったんです」

「それはどこだ？」

伝次郎が聞く。

「片町《かたまち》代地まで行ったときです」

御蔵前《おくらまえ》片町代地のことで、大川に面した料理屋街と言ってもいい。気の利いた料理屋が並び、芸者を置く店もある。

「金三郎に間違いなかったのだな？」

「おそらく……」

小一郎は目を輝かせて言う。

「連れはいなかったか？」

「ひとりです」

伝次郎は小さく嘆息して、医者の話はどうなったと聞いた。

「やはり、沢村さんの推量どおりでした。上田屋の刺され方と、富蔵と書役の久右衛門の刺し傷は似ています。刺して抉るようなやり方です」

「それが金三郎なら、なにがなんでも放っておけぬ」

伝次郎はくっと唇を引き結ぶ。

それからしばらくして、与茂七が戻ってきた。小一郎がそこにいることに驚き、

「来ていたんですね」

と、安堵の表情を浮かべた。

「今日はこのあたりで引きあげますか。金三郎が広瀬の尾行に気づいたのなら、出歩かずに身をひそめているでしょう」

伝次郎も同じことを思い「では、そうするか」と、同意した。

四

翌日も、手分けをして金三郎の行方を調べるが、いっこうにわからずじまいであった。金三郎を追う手立てが見つからないのだ。

返す返すも惜しまれるのは、昨夜、小一郎が金三郎と思われる男を見失ったことである。だが、それを蒸し返しても前には進まない。

伝次郎は粂吉と与茂七を連れて、竪川通りにある商家や、その界隈を流し歩く担《にな》

い売りに聞き込みをしていった。

三村屋の利兵衛を襲った男が、その通りへ逃げているのがわかっている。だが、聞き込みもむなしく、これという手掛かりをつかむことはできなかった。

すでに昼近くになっており、小一郎と島田元之助の調べが気になりはじめていた。小一郎は昨夜、金三郎らしき男を見失った片町代地河岸界隈の聞き込みを、島田は上方に行って留守をしている忠次郎の住処《すみか》である浅草猿屋町界隈で聞き込みをつづけていた。

伝次郎は二人の調べを知りたかったが、連絡場の自身番に行っても二人の姿はない。茶を飲みながらしばらく待ったが、痺《しび》れを切らしたように、

「奥山の勝蔵の家に行ってくる。用はすぐすむだろうから、待っててくれ」

粂吉と与茂七に言った。

「舟で行くんですね。どこに舟をつけますか。何か新しいことがわかったら走って行きますから」

与茂七が顔を向けてくる。

「吾妻橋の先、材木町河岸に舟はつける。そこから勝蔵の家まではすぐだ」

伝次郎はそのまま自身番を出ると、両国東広小路の北に架かる駒留橋の袂に置いていた猪牙舟に乗り込み、川を上っていった。

潮が満ちているらしく、流れが遅い。満潮の時分には川の流れが、河口から押しあげられるからだ。引き潮のときに比べると、ずいぶん操船が楽である。

もうひと息の所まで来ているという感触はあるが、まだ金三郎の行方がわからない。下手人が金三郎でなかったとしても、何が何でも会わなければならない男だ。

それに探索の日限も迫っている。伝次郎としては永尋にしたくなかった。自分は被害を受けたひとりでもあるし、北町から南町の筒井奉行に助を頼まれた一件でもある。

材木町河岸に猪牙舟を舫って陸《おか》にあがった。

「南町の沢村だ。勝蔵はまだ帰ってきていないか?」

勝蔵の家を訪ねるなり、戸口に出てきた男に言うと、

「いえ、います。昨夜帰ってきましたので」

と答えた。伝次郎はすぐに取り次いでもらい、座敷にあげてもらった。

勝蔵は楽な家着であらわれ、丸火鉢を挟んで向かい合った。鉄瓶の湯気が二人の

間に立ち昇っていた。陽気はよくなっているが、まだ暖《だん》のいる時季である。

「何度かお見えになったらしいですな」

ゆっくり腰を下ろした勝蔵は、煙草入れを袖から出して伝次郎を見る。四十代後半の男で、中肉中背だ。貫禄に欠けるが、掏摸の親分らしく眼光は鋭かった。

「湯治に行っていたらしいが、早く帰ってきてくれて助かった」

「箱根は曇ってばかりでつまらないんで、早く引きあげてきたんです。それで、ご用は？」

勝蔵は煙管に刻みを詰めながら、伝次郎を見る。

「殺しの下手人捜しだ。そやつは、少なくとも三人を殺している」

「それは穏やかではありませんな」

「金三郎という男を知っているか。南本所元町の上田屋に奉公していたことがあるが、金三郎の育ての親はおぬしと同じ掏摸だったらしい。新五郎という男だ」

勝蔵は刻みを詰める手を止めて、目を細めてじっと伝次郎を見た。

「……新五郎は今年の正月に小塚原で首を刎《は》ねられました」

「そうだ。そやつは金三郎の育ての親だった」

「そうです。旦那は何でもご存じのようだから話しますが、新五郎はいい男でした。金三郎は……その頃は、金三《きんぞう》と呼んでいましたが、新五郎はよく面倒を見ていました。掏摸の手ほどきもしたようですが、先のことを考え奉公に出したのです。親心というもんでしょう。だが、金三郎はその店を飛び出しちまった。新五郎はずいぶん嘆き、そして金三郎にきつく説教し、縁を切っちまいました。それも、金三郎に立ち直ってほしい一心だったからです。金三郎は行方をくらまして、どこで何をしているのかわからなくなりましたが、二年ほど前にひょっこりあらわれたんです。新五郎のところにも顔を出したようですが、受け入れてもらえなかった。それで、あっしのところに、遊びに来るようになりました」

「ここに来ていたのか？」

「たまにです。忘れた頃に、ひょっこり来て、新五郎のことを心配するんです。そして新五郎も、気にかけてはいたんですね。あっしを通して金三郎のことをあれこれ気にしていました。ところが、捕まっちまってあっさり打ち首です。ですが、あれは違うんです」

「違う？　どういうことだ？」

「新五郎は佐吉《さきち》という子分の身代わりになったんです。あのとき巾着切りをやったのは佐吉でした。それを本所の番屋の親方が、新五郎がやったと言った。ほんとうは佐吉が巾着切りしたのを、新五郎は受け取っただけだった。だが、新五郎は何も言わずに、おれがやったと認めて縄を打たれたんです」

伝次郎は驚かずにはいられなかった。勝蔵は話をつづけた。

「金三郎が久しぶりにあっしの前に来たのは、新五郎が首を刎ねられたあとでした。そして、そのときにそうなった経緯を知ったんです。だから、やつは佐吉を殺そうと捜しているはずです」

「その佐吉の居所は？」

勝蔵は首を振ってわからないと言い、言葉を足した。

「佐吉は金三郎から命を狙われていると知り、雲隠れです。見つかれば殺されるとわかっていますからね」

「金三郎がどこにいるかわからぬか？」

「まったくわからねえんです。聞いたこともありますが、転々としていると言うだけです。それに、やつは人が変わりました。前はもっと可愛げがあったのに、いまは狂ったような目をしている。普通じゃない。いつそうなったのかわかりませんが、やつが人を殺したと聞いても、驚きはしませんよ。それにしても、ほんとうにやっちまったか……」

勝蔵はあきれたように、太いため息をついた。

伝次郎はつづけざまにいくつかのことを訊ねたが、金三郎が通っている賭場も、つるんでいる用心棒のことも、女のことも勝蔵は知らなかった。

「旦那、金三郎は何をやるかわからない。やつはずいぶん変わりました。新五郎さんが縁を切ったのも、うなずけます。旦那、やつに縄を打つのは世のためです。放っておきゃ、何人、人を殺すかわからない」

勝蔵は、そう言ってからようやく煙管に火をつけた。

伝次郎はそのまま勝蔵の家を出ると、聞いたばかりの話を反芻《はんすう》しながら猪牙舟を舫っている河岸に引き返した。

考え事をしながら歩いていると、突然、背後から声をかけられた。

「おい、黙って歩け。下手なことすりゃ、ぶすっとやっちまうからな」

伝次郎の脇腹に匕首《あいくち》がつけられていた。抵抗する余地はなかった。逃げ道を探すようにまわりを見たが、そうすることだけが精いっぱいだった。

ただ、自分をじっと見ている河岸人足と目が合った。だが、その男は何も言わず煙管を吹かして、脅されている伝次郎を眺めているだけだった。

五

連れて行かれたのは、さっきの河岸場からほどない商家の蔵だった。これは極めて耐火性の強い「文庫蔵《ぶんこぐら》」と呼ばれるもので、大火のあとでも焼け残るとされていた。しかし、費用が通常の蔵の数倍もするため、あまり普及しなかった。

屋根は瓦葺《ぶ》き、壁は土壁を厚くし、さらに漆喰《しっくい》を厚く塗り込んである。しかし、外壁も煤《すす》けていて、漆喰も剝《は》げかかっている。しばらく手入れのされていない蔵だった。それでも、こういう蔵は大商家でないと造ることができない。

伝次郎は、その蔵のなかに突き入れられた。とっさに抵抗しようと刀の柄《つか》に手をやったとき、いきなり横腹を刀の鐺《こじり》で突かれた。

蔵のなかにもうひとりいたのだ。強烈な痛みと衝撃に伝次郎が片膝をつくと、今度は後頭部を柄頭《つかがしら》で殴られた。意識を失ったのは一瞬のことだ。

それからいかほどたったのかわからないが、意識を取り戻したときには、両手を後ろに縛られ、太い材木に縛られたまま転がされていた。

「うるさい蠅《はえ》のように、しつこい町方だ。目が覚めたか？」

倒れている箪笥《たんす》に腰を下ろしている男が言った。片頬に皮肉な笑みを浮かべている。天井の小さなあかり取りから、光が漏れているだけでその顔ははっきりしない。

その男の横にもうひとりいて、ひっくり返した火鉢に座っていた。こっちは大小を差している。

「なんの真似だ」

伝次郎は地面につけていた顔を少し持ちあげ、男を凝視する。

「邪魔だからだよ。聞くまでもないだろう。それにしても、上田屋の蔵に来たのもあんただったな。そして、今度もそうだ。まあ、今日は連れ込んだんだが……」

「きさま、金三郎か……」

伝次郎が問うたとき、あかり取りの窓から入る光が強くなった。日を遮っていた雲が流れたからだろう。

やはり金三郎だった。鼻筋の通った細面だ。想像していたより、若く見え、整った顔をしていた。

「まあ、おれがあてにしているところに出入りしてるようだから、とっくにおれのことはわかっているんだろうな。だが、おれは捕まるようなへまはしねえぜ」

金三郎は手に持っている干鰯《ほしか》をかじり、ペッとつばを吐いた。

「なぜ、殺しをつづける。きさまは上田屋に世話になっていたはずだ。それなのに主を殺した。上田屋から三村屋に移った番頭を襲ったのもおまえか」

「とうに目星はついているってわけだ。どこまで調べているんだ？　さっきは勝蔵さんの家を訪ねたな」

「大方わかっている。だが、世話になった上田屋を飛び出して六年もたっている。店を飛び出すときには、上田屋の主にかなりの剣幕で噛みついたらしいが、根に持つほどの恨みはないのではないか。なんの理由で上田屋を殺さなければならなかった」

「癪に障る町方だ。そんなこたァ、おれの勝手だ」

伝次郎には、金三郎が自分のことをどうするつもりなのか予測がつかない。この窮地《きゆうち》を抜けるためには、時間を稼がなければならない。身動きできないままだが、あきらめたらそれで終わりだ。

「きさまには親がいなかったのか？　それとも小さいときに死に別れたのか？」

「そんなこたァ、てめえにゃ関わりのねえことだ」

「きさまを引き取って面倒を見たのは掏摸の新五郎だった。その新五郎は、おまえに人としてまっとうな道を歩ませたかったはずだ。だから、上田屋に奉公に出した」

「うるせー！」

金三郎は手にしていた干鰯《はしいわし》を投げ捨て、勢いよく立ちあがった。

「だが、きさまは新五郎の思いにこたえることができず、上田屋を飛び出してしまった。辛抱の足りなさからそうなったんだろうが、店から逃げてきたきさまを新五郎は突き放した。おそらく、そんなところだろう」

「黙れ、黙れッ、黙りやがれ！」

血相を変えて喚いた金三郎は、懐から匕首を抜いて斬りかかってこようとした。

「金三郎、早まるんじゃねえ。ここでこの町方を殺《や》っちまったら、おめえの思いは遂《と》げられなくなるぜ。町方の動きを知るのは大事なことじゃねえか」

火鉢に座っている浪人だった。

言われた金三郎は振りあげた手をゆっくり下ろした。

「……そうだな」

伝次郎はそのやり取りを見て、こいつらはすぐにおれを殺すつもりはないのだと悟った。ならば、もう少し金三郎の琴線《きんせん》に触れることを言ってもいいはずだ。

「金三郎、世話になった上田屋の太兵衛は、おまえの親も同然の人だったはずだ。番頭の利兵衛も親身になっておまえに接していた。一人前の商人にしようと熱心だったはずだ」

「黙れ、きさまにおれの何がわかるってんだ。それ以上、無駄口を叩くんじゃねえ」

金三郎は苛々《いらいら》と歩きまわった。あかり取りの窓から射し込む光が、舞いあがる埃《ほこり》を浮かびあがらせていた。

「なぜ、恩人を殺そうと思ったのだ?」

「あいつらは恩人でもなんでもねえ。おれをただ頭ごなしに叱りつけ、罵《のの》り、癪に障る説教ばかりたれやがったんだ。それでもおれは我慢していた。だけどよ、それにもかぎりがある。おれの堪忍袋《かんにんぶくろ》の緒が切れたんだ。だから、あの野郎らに盾突いてやめただけだ。あいつらは糞《くそ》だ。犬の糞だ。だが、それで忘れてしまっていた。ところが……」

歩きまわっていた金三郎は、突然立ち止まると、きっと伝次郎をにらんだ。

「ところが、なんだ？」

「おれの親が、殺された」

伝次郎は眉宇をひそめた。金三郎の顔が悲痛にゆがむ。

「新五郎の親父が捕まって死罪になった。それを知ったとき、おれは何もかも上田屋のせいだと思った。いや、そうなんだ。上田屋がおれを大事にしてくれていりゃ、親父はあんな余計なことをしなくてすんだ。何もかも上田屋が悪いんだと、おれはわかったんだ」

「新五郎と上田屋は関係ないはずだ」

「あるんだよ！　こんなことをしゃべらせるんじゃねえ！」

金三郎は近づいてくるなり、伝次郎の腹を蹴った。太股を蹴る。胸を蹴る。そして、肩のあたりを殴りつけた。伝次郎は短くうめきながら痛みに耐えた。

興奮している金三郎は、暴力を中断すると、はあはあと荒い息をしてまた歩きまわった。

「一ノ瀬《いちのせ》さん。こんな野郎、とっとと始末しよう」

「待て。大事なことを聞いていねえだろう」

一ノ瀬という浪人は落ち着いている。

「それにおすみがそろそろやってくるだろう。あの女に、死人なんざ見せたくない」

金三郎を諭《さと》し、閉められている蔵の扉を振り返る。

（おすみ……仲間に女がいるのか……）

伝次郎は苦痛に耐えながら、金三郎と一ノ瀬を盗み見る。

「殺るならあとだ」

「わかった。だけど、この町方、しゃべるかね」

金三郎が伝次郎を見る。

「新五郎と上田屋がどう関係あると言うんだ。おまえを奉公に出したからか？」

「口の減らねえ野郎だ。親父は佐吉の代わりに捕まって首を刎ねられた。それもこれも、上田屋がおれを粗末に扱いやがったせいだ。もっとおれを大事にしてりゃ、親父もあんなことにはならなかった」

とんでもない屁理屈《へりくつ》だ。

「きさまは新五郎が佐吉の身代わりになったのを知っていたのか？」

「知っていたさ。もっとも、あとで聞いたことだがな。番屋の書役が親父だと決めつけたんだ。だから、そばにいた広瀬という町方に親父は縄を打たれ、何も言わずに殺された。そんなことを知って黙っていられるか。ああ、親父はおれの恩人だ。勘当されたが、おれはずっと親父のことを思っていた。いつか楽をさせてやりてえと……。それなのに、くそッ」

「すると、きさまはおれと広瀬を間違って殺そうとしたのだな」

「殺すつもりはなかった。親父は濡れ衣を着せられたまま殺された。だったら、広瀬って町方も濡れ衣《ぎぬ》を着せられ、苦しみを味わえばいいと考えたんだ。やつは下手人になって、牢に入って臭い飯を食って、どん底に落ちりゃいい。おれはそれを見て蔑《さげす》み笑えば楽しいと思った。これまでえらそうにしていたやつが、虫けらのように扱われるのを見たかった。ヘヘッ、こんな面白いことはねえだろう。なあ、町方の旦那よ」

「富蔵をなぜ殺した？」

「それもおれの仕業だとわかっているのか？」

「手口がいっしょだ。同じ刃物遣いで、上田屋も書役も富蔵もただ刺されたのではない。腹を抉るように刺された」

「へえ、たいしたもんだね。さすが町方だ。こりゃ驚きだ。それで下手人がわかるのか。一ノ瀬さん、あんたに教えられたやり方を、こいつらは見抜いてやがる」

「金三郎、無駄口はその辺にしておけ」

一ノ瀬は煙管をくゆらせながらあきれた顔をした。

「おい、町方の……てめえは何て言うんだ？」

「南町の沢村伝次郎だ。富蔵はおまえの仲間だったはずだ。なぜ殺した？」

「へん、あいつが頓馬《とんま》だからだよ。広瀬って町方と、あんたを間違えたんだ。おかげでおれの目論見《もくろみ》が狂った。こうなったら広瀬を殺そうと思ったが、なんだかそのまわりをおめえさんら町方の仲間がうろつきやがる」

「三村屋の利兵衛を殺そうとしたのもおまえだな」

「ああ、あの番頭には昔の恨みがあるからな」

「金三郎、おまえはしばらく黙っておれ。沢村の旦那よ、他の町方はいまどこで何を調べているんだ？　さっき、あんたは勝蔵の家を訪ねたようだが……」

一ノ瀬がじっと見てくる。黒い馬面《うまづら》のなかにある目が、針のように光っていた。

伝次郎は、それを教えたら殺されるかもしれないという恐怖を感じた。我知らず背中に悪寒《おかん》が走った。

「教えるんだ」

一ノ瀬は立ちあがってそばまで来ると、さっと刀を引き抜いて、切っ先を喉にあてた。伝次郎は息を呑んだ。

言えと、一ノ瀬が返答を催促《さいそく》する。

「みんな金三郎の行方を追っている。だが、どこで何を調べているか、いまはわからぬ。おそらくこの近所にいるはずだ」

「なんだと……」

一ノ瀬が両眉を動かしたとき、ギイと扉が軋んで、表の光がなだれ込んできて、蔵のなかがあかるくなった。そして、ひとりの女が入ってきた。

「佐吉の居所がわかったわ」

女はそう言ってから、縛られて転がされている伝次郎を見た。

伝次郎から女の姿は逆光になっているので、顔はよくわからなかった。だが、これまでのやり取りから察すれば、おすみという女だろう。

「どこだ？」

金三郎が聞く。

「深川六間堀《ろっけんぼり》の長屋。北《きた》之橋のすぐそばよ」

「なんていう店だ？」

「作右衛門《さくえもん》店。近所で〝ねずみ長屋〟と呼ばれているからすぐわかるわよ。その人どうしたの？」

「おまえが気にすることじゃねえ。さ、行け」

金三郎は女を表に押し出すと、一ノ瀬を振り返った。

「その野郎はあとで始末する。佐吉のほうが先だ。一ノ瀬さん、行くぜ」

先に金三郎が出て、あとにつづく一ノ瀬が扉を閉めて姿を消した。

六

伝次郎の帰りが遅いのを気にした粂吉が、

「与茂七、すまねえが旦那のことが気になる。どうなっているか見てきてくれねえか。おれは島田さんと広瀬さんの聞き込みの様子を見てくる」

と、言ったのは半刻ほど前だった。

言われた与茂七は南本所元町の自身番を出ると、大川沿いの土手道を小走りに急ぎ、吾妻橋をわたってすぐのところにある材木町河岸をよくよく眺めた。

荷舟や猪牙舟が舫われていた。あった、と伝次郎の猪牙舟を見つけたが、その持ち主の姿はない。どうしようか短く逡巡《しゅんじゅん》したが、伝次郎が行っている先はわかっている。

そのまま奥山の勝蔵の家を訪ね、戸口に出てきた若い男に伝次郎のことを聞くと、もう一刻以上前に帰ったといわれた。

おかしいと思った与茂七は、もう一度河岸地に舫ってある猪牙舟のそばに行った。

しばらく待ったが、伝次郎のやってくる気配はない。

——用はすぐすむだろうから、待っててくれ。

伝次郎は連絡場にしている自身番を出るときにそう言った。しかし、もうあれからたっぷり一刻半（約三時間）はたっている。

（旦那さんに何かあったのでは……）

そんな気がしてならなくなった。いやな胸騒ぎを覚えた与茂七は、近くの茶屋や河岸場ではたらく人足たちに声をかけていった。誰もわからないと首を横に振る。

ところが、雁木《がんぎ》に腰を下ろして煙管を吸っていた初老の人足が、

「その人かどうか知らねえが、目つきの悪いごろつきみたいなやつと、向こうへ行ったよ」

与茂七はひょっとしたらと思い、金三郎の人相書を見せた。

「……はっきりわからねえが、この男だったような気がする」

「それでどっちの方へ行った？」

人足は一方を見ながら答えた。

「向こうの蔵のほうに行ったように見えた。ずっと見てたわけじゃねえから、わか

らねえが……」

「蔵って……」

与茂七は人足に訊ねた。

「暮れに焼けた備前《びぜん》屋の蔵があるんだ。店がだめになったんで、しばらく使われちゃいない。他の蔵もあるが、みんな焼け落ちている」

人足は煙管を掌《て》に打ちつけて、吸い殻を落とした。

伝次郎はさっきからもがくように動きつづけていた。後ろ手に縛られた縄がきつくほどくことができない。ならばと、自分を縛めている太い材木ごと刀のあるところに移動しようと、体を回転させたり、爪先で地面を蹴って壁のそばに放ってある刀に近づこうとするが、なかなか近づくことができない。

脚を曲げて立ちあがろうとするが、太い材木が重すぎてうまくいかない。すでに汗びっしょりになっていた。呼吸も乱れ、動くたびに材木に縛られている両手首や腕に鈍い痛みが走る。

「くそ、すぐそこなのに……」

自分の刀まで一間半（約二・七メートル）ほどだが、今度は材木が蔵のなかにぞんざいに置かれている箪笥や木箱にあたって前に進めない。一度下がって、体をゆっくり動かし、材木が障害物にあたらないように方向転換する。

今度こそはと、体を屈伸させ、這うように前に進む。まるで太い材木を背負った芋虫《いもむし》である。だが、刀に辿りついてからも大変そうだ。縛られている両手で刀をどうやってつかみ取るか、それも考えなければならない。しかし、休んでいる暇はない。

あかり取りからこぼれる光が、弱くなったり強くなったりを繰り返している。雲が流れているからだ。

あと、一間というところまで来たとき、伝次郎は大きく喘ぐように息つぎをした。そのとき、蔵の扉がぎいっと音を立てて開き、表のあかりがなだれ込んできた。伝次郎は、そのまばゆさに一瞬目をそむけた。

「旦那さん！」

与茂七の声だった。はっとなって見ると、与茂七が駆け寄ってきた。

「いったい誰がこんなことを……」

「金三郎に捕まったのだ。それより縄を切ってくれ。刀がすぐそこにある」

言われた与茂七はすぐに動いて、伝次郎の縛めを切った。

「与茂七、ゆっくりしておれぬ。金三郎は、佐吉を殺すつもりだ」

「どういうことです？」

「話はあとだ。急がないと佐吉が殺される」

伝次郎はようやく立ちあがると、着物についた埃を払い大小を腰に差した。

「旦那さん、佐吉って誰のことです？」

蔵を出るなり与茂七が顔を向けてくる。

「新五郎の子分だ。広瀬は新五郎を捕まえたが、じつは、あのとき掏摸をはたらいたのは佐吉だった。それを書役の久右衛門が新五郎の仕業だと思い込んだのだ。おそらく新五郎は佐吉のすぐそばにいたのだろう」

猪牙舟を舫っている材木町河岸についた。伝次郎はそのまま雁木を下りると、ひょいと猪牙舟に乗り込んだ。与茂七があとにつづく。

「しっかりつかまっていろ。急がなければ、金三郎はまた人を殺す」

伝次郎はぐいっと棹で岸壁を突いた。猪牙舟はミズスマシのように水面をすべると、たちまち川の流れに乗った。

七

伝次郎は川を下りながら、蔵のなかで金三郎とどんなやり取りをしたかを、かいつまんで与茂七に話してやった。

舳《みよし》が波を左右にかき分け、猪牙舟は飛ぶように下っている。

金三郎と一ノ瀬があの蔵を出てから、おそらく小半刻はたっているだろうか。日はまだ中天《ちゅうてん》に近いところにあるが、西に傾きはじめている。

「それじゃ、旦那さんは広瀬さんに間違えられて富蔵に声をかけられたんですね。旦那さんと島田さんが推量したとおりではありませんか……」

大まかな話を聞いた与茂七が声をかけてくる。

「何かも金三郎の仕業だ。だが、やつは間違っている。それを言ってもはじまらぬが、これ以上の殺しはやめさせなければならぬ」

伝次郎はそう言ったきり、あとは舟を操ることに専念した。

大橋をくぐり抜けると、そのまま竪川に入り、一ツ目之橋の袂に猪牙舟を舫った。

「与茂七、番屋に行って広瀬と島田がいるか見てこい。いたら、おれがさっき話したことを伝え、六間堀のねずみ長屋に来るように伝えろ」

「いなかったらどうします？」

「そのときは少し待て」

「待っても来なかったら……」

伝次郎は河岸道にあがると空を見てから、与茂七に顔を向けた。

「番屋で捕り縄を借りてくるんだ」

「はいッ」

目をかがやかせて返事をした与茂七は、そのまま連絡場にしている自身番に駆けた。

伝次郎は足早に、安宅の通りを歩き、御船蔵前町の先を左に折れた。以前この近所に住み暮らし、また、本所深川で船頭仕事をしていたから、伝次郎には土地鑑《とちかん》がある。

ねずみ長屋と聞いたときには、すぐどこにあるかぴんと来ていた。願わくは、金三郎が佐吉を殺していないといい。もし、佐吉が留守にしていれば、あの二人は帰りを待っているはずだ。

それにまだあかるい昼間で、人の目も多い。長屋で刃傷沙汰は起こさないだろう。もし佐吉を捕まえたとしても、どこか人気のないところに連れていくはずだ。

（とにかく急がなければ……）

伝次郎は焦ったように足を急がせた。

ねずみ長屋と呼ばれる作右衛門店は、六間堀町の西側にあった。土地の者が大日《だいにち》横町《よこちょう》と呼ぶ通りに、長屋の木戸口はあった。

伝次郎は一度、息を吸って吐き、気持ちを落ち着かせてから長屋の路地に入った。どこにでもある長屋だ。

どんつきに井戸があり、その横に小さな稲荷社がある。木戸から手前の長屋までの両側は表店《おもてだな》の壁で、その先が裏店だ。

伝次郎はよくよく目を凝らしたが、金三郎の姿も一ノ瀬の姿もない。厠《かわや》から出てきた女房がいたので、念のため佐吉の家を訊ねると、奥から二軒目だと言う。

伝次郎は足を進めて家のなかに耳を澄ました。人の声も気配もない。やはり、金三郎はやることをやって、この長屋を出て行ったのではないかと思った。

「ごめん」

声をかけ戸を引き開けた。あっさり開き、殺風景な家のなかが目に飛び込んできた。だが、そこには誰もいない。

(どこだ?)

さっと木戸口に目を向けると、買い物籠を提げた小太りの女が入ってくるところだった。

佐吉は留守にしているのだ。ならば、金三郎と一ノ瀬は表で見張っているのかもしれない。伝次郎はきびすを返して、表の通りに出た。

そのとき、通りの角から若い男があらわれた。見るからに二十歳そこそこのやさ男だ。だが、賽《さい》の目絣《めがすり》の着物の襟を広げ、意気がった歩き方でやってくる。

(佐吉では……)

伝次郎が直感で思ったとき、男の足が止まり、はっと一方に注がれた。それは伝次郎の肩越しだった。背後を振り返ると、そこに金三郎と一ノ瀬が立っていた。

「や、てめえ、どうやってここへ?」

金三郎は驚き顔をしたが、すぐに地を蹴って駆けだした。

「佐吉、待ちやがれ！」

伝次郎のほうに金三郎が血相を変えて走ってくる。佐吉を振り返ると、身を翻して逃げている。伝次郎は通せんぼうをするように、両手を広げて金三郎を阻止した。

「どけッ、邪魔だ！」

「そうはいかぬ」

伝次郎が応じると、金三郎はすぐさま懐から匕首を抜いて、斬りかかってきた。さっと半身をひねってかわす。

「無駄なことはやめるんだ」

頭に血を上らせている金三郎は、伝次郎の忠告など聞きはしない。つづけざまに匕首を斜めに斬るように振りつづける。

伝次郎は面倒になった。金三郎が匕首を大きく振りあげた一瞬、伝次郎の愛刀が鞘走《さやばし》った。刀は目にもとまらぬ電光の速さで、金三郎の腕をたたいた。棟打《むねう》ちである。ついで、鳩尾《みぞおち》に柄頭をたたき込んだ。

「うぐっ……」

金三郎はあっけなく気を失って倒れた。

一ノ瀬はそのまま逃げると思ったが、すらりと刀を抜くと、つかつかと間合いを詰めてきた。

「きさま、生かしておくわけにはいかねえな」

そう言うなり抜刀した一ノ瀬は、右足を飛ばすようにして突きを送り込んできた。

伝次郎は下がってかわし、両手のなかで刀を半回転させた。

今度は棟打ちとはいかないという判断である。斬らなければ斬られる、という危機感があった。実際、一ノ瀬の殺気は尋常ではない。これまで何人も斬ったという空気をまとっている。

(危ない男だ)

黒い馬面のなかにある双眸《そうぼう》が、凶器のように光っている。

伝次郎は青眼《せいがん》に構えて、一ノ瀬の動きを見た。摺《す》り足で間合いを詰めてこられるが、伝次郎は動かない。

さらに一ノ瀬は詰めてきて、間合い二間（約三・六メートル）になったとき、足を止めた。すうっと刀を右耳のあたりに持って行き、柄頭を伝次郎に向けた。

変則の構えに、伝次郎は内心で「うん?」と、つぶやいた。

「町方を斬るのはこれが初めてだ。面白いことになった」

一ノ瀬は口の端に笑みを浮かべた。双眸は光ったままだ。

伝次郎は青眼の構えを取ったまま毫《ごう》も動いていない。頭上から鳶の声が降ってくる。伝次郎の刀が、傾きはじめた日の光をキラキラッと撥《は》ね返した。その反射光を意図的に一ノ瀬に向けたとき、顔がわずかにそむけられた。

その刹那《せつな》、伝次郎は前に飛びながら一ノ瀬の胴を抜いた。だが、かわされていた。

はっと振り返ったとき、刀が大上段から振り下ろされてくる。

伝次郎はとっさの判断で、左肩を大きく後方に引いて、必殺の一撃をかわすと同時に刀を左後方に引き、そのまま一ノ瀬の太股を狙って振り切った。

だが、それはすんでのところで届かないばかりか、一ノ瀬に打ち落とされた。伝次郎はとっさに飛びすさって、右下段に刀を下げた。

一ノ瀬は一瞬間を置いた。両者の間を吹き抜けた風が砂埃《すなぼこり》をあげる。

「旦那さん!」

与茂七の声が背後でした。

その声に一ノ瀬の注意が、ほんのわずかそれた。

伝次郎が俊敏に動いたのは、その瞬間だった。下段にあった刀が、あたかも獲物に飛びかかる蝮《まむし》のように一直線に伸び一ノ瀬の胸を斬りあげていた。

「あ……」

一ノ瀬はたたらを踏んで背後に下がり、右八相《はっそう》に構えたが、体をふらつかせていた。斬られた胸からあふれる血が、あっという間に着物を染めていく。

「ここまでだ」

伝次郎は刀を下げて、戦いの終わりを告げた。だが、一ノ瀬は歯を食いしばって突っ込んできた。

「うりゃあー！」

目を仁王《におう》のようにみはり、色黒の顔を充血させていた。

ドスッ！

鈍い音は、伝次郎が一ノ瀬の腹を思い切りたたき斬ったからである。

一ノ瀬はそのままのめって倒れ、地に伏したまま動かなくなった。

「旦那さん」

与茂七が駆け寄ってくる。そして、その背後にいた粂吉と小一郎、そして島田が近づいてきた。

「そやつが金三郎だ。死んではおらぬ。誰か縄を打て」

伝次郎は息を喘がせながら命じた。

すぐに粂吉と八州吉が動いて、金三郎は縄を打たれた。

八

日は翳りはじめている。それでも落ちるまでにまだ間があるので、自身番の腰高障子が黄色く染められている。

金三郎を南本所元町の自身番に連れ込んだ伝次郎たちは、早速聞き調べに入っていた。訊問をするのは島田元之助だ。それが粂吉と与茂七には面白くないのか、さっきからむっつりした顔をしていた。

口書《くちがき》を取るのは小一郎で、ときどき金三郎に念押しするような問いかけをしていた。

金三郎はすっかり観念したらしく、問われることに答えていったが、おおまかには伝次郎たちの推量と、伝次郎が材木町河岸の近くにある文庫蔵で聞いたことと一致していた。

自身番の久右衛門と上田屋太兵衛を殺したとき、金三郎が人に見られていなかったのは、金三郎が周囲に細心の注意を払っていたからだった。また、金三郎は見られてもわからないように、手拭いで顔を覆っていた。

「佐吉とおすみという女のことはどうするんです?」

調べが終わりそうになった頃、粂吉が上がり框に腰掛けたまま無言でいた伝次郎に話しかけてきた。

「佐吉は放っておけばいいだろう」

「だって、やつがほんとうの掏摸《すり》だったんですよ」

横から与茂七が言葉を挟む。

「あの件は片がついている。いまさら蒸し返しても、死罪になった新五郎が生き返るわけではない。それに、佐吉が掏っていたとしても、それを殺された久右衛門は見ていない。そして、広瀬も見ておらぬ。掏った巾着を持っていたのは新五郎だった」

「それじゃ、佐吉は何の責めも受けないんで……」

「与茂七、掏摸はその場を押さえなきゃ、捕まえることができねえんだ。そいつが掏摸だとわかっていてもな」

粂吉が言葉を添える。

「そんなもんなんですか。おかしな話だな」

「御定書《おさだめがき》によるんだ」

「はあ、そうですか。おすみって女のほうはどうするんで……」

「それは島田と広瀬にまかせよう」

伝次郎が答えたとき、島田が声をあげた。

「よし、ここでの調べは終わりだ。あとは大番屋でゆっくりやろう。六兵衛、八州吉、こいつを引っ立てろ」

島田は腰をたたきながら立ちあがり、土間に下りた。

それから伝次郎を見て、

「沢村殿、お陰様で永尋《ながたずね》にならずにすみました。此度の助、このとおり礼を申します」

と言って頭を下げた。

「もう手伝うことはないな。なければ、おれは帰る」

そう言った伝次郎に、条吉と与茂七が驚いた顔を向けてくる。

「沢村殿にお手伝いいただきたいところですが、あとは手前どもで片づけます。これ以上、手を煩《わずら》わせたくはありませんし」

「うむ。では、あとのこと、頼んだ」

伝次郎は応じたあとで、小一郎を見、それから金三郎を一瞥《いちべつ》して自身番を出た。

傾いた日の光が、竪川に赤い帯を作って延びていた。

「日が暮れる前に帰れるな」

猪牙舟に乗り込んだ伝次郎は棹をつかみ取ると、きれいな夕焼け空を眺め、のんびりとつぶやいた。

与茂七が条吉を見て首をすくめ、納得いかないという顔をするが、伝次郎はそのまま舟を出した。

「旦那さん、なんで手柄を島田さんと広瀬さんにやっちまうんです。旦那さんの手柄じゃないですか」

大川を下りはじめてすぐ、与茂七が声をかけてきた。

「わからぬか……」

伝次郎はちらりと与茂七を振り返って言う。

「わかりませんよ。あの二人、とくに島田さんは旦那さんを除け者扱いしていたんですよ。なんだか腹が立つな。手柄は島田さんのものみたいになっちまってるし……」

「与茂七、おれはお奉行から助をしろと言われたのだ。それに、この一件は北町の受け持ちだった。だったら、あの二人に花を持たせたほうがよかろう。おれがしゃしゃり出て、そのうえで手柄まで独り占めにしたら、あの二人はどう思うかな。とくに島田は臍《へそ》を曲げて、嫌みを言ってくるだろう。そうなったら、この先気まずくなる」

「でも、この一件を見事に片づけたのは旦那さんですよ」

「与茂七……」

粂吉が口を挟んだ。

「そこが旦那のいいところなんだ。肝っ玉の太さだよ。そうだろう。だから、おれたちは旦那のために、なんでもやろうと思う。いい旦那だぜ」

「そうかもしれねえけど、人が好《よ》すぎるよ」

伝次郎は舟を操りながら、小さく笑って言葉をついだ。

「与茂七、もう少し大人になることだ」

「大人に……」

そのまま与茂七は黙り込んだ。


その夜、伝次郎が一件を片づけて帰ってきたことを喜んだ千草は、いつになく腕によりをかけて料理を作った。焼き魚に鯛《たい》の煮付け、豆腐田楽《でんがく》、野菜と蒟蒻《こんにゃく》の煮物などだった。もちろん酒もつけて出した。

いつにないご馳走に、普段の与茂七なら目を輝かせ、軽口をたたきながら箸を伸ばすのだが、その夜は畏《かしこ》まったように正座をして箸を取らなかった。

「どうした与茂七、さあ、疲れただろう。一杯付き合え」

伝次郎が盃を差し出すと、与茂七は尻を擦って下がり、両手をついて伝次郎と千草を見た。

「お願いがあります」

伝次郎と千草は顔を見合わせた。

「おれは今日考えました。そして、わかりました」

「何がわかったというの？」

千草が首をかしげる。

「おれはこれまで何をやっても、半端《はんぱ》なことしかできませんでした。手に職はつかない、仕事は長つづきしない。世間が疎《うと》ましくて気持ちを腐らせていました。だから、ここに居候させてもらったときに、これからはどんなことでもやり遂げられる男になろうと思いました。それで、日傭取りやこの家の手伝いや、ときどき旦那さんのお供をさせてもらいました。だけれども、この先何をやればいいか、決められないままでした」

「ふむ。すると、今日は肚を決めたというのだな」

伝次郎は鯛の煮付けをつまんで酒をなめた。

「そうです。おれはこれまで人より金を稼ぎたい、いい着物を着て、うまいものを食える、何不自由しない男になりたいと思っていました。だけど、おれは気づいたんです。贅沢《ぜいたく》をするために金を稼ぐのは悪くない。だけど、それでいいのか。もっと大切なことがあるのではないかと考えたんです。いくら金を持っていても、やり甲斐とか生き甲斐がなけりゃつまらねえんじゃねえかって。……おれ、そのやり甲斐というか生き甲斐を見つけたんです。余計な欲を捨てて、やりたいことをやりたいんです」

「それは何？」

千草がやさしく訊ねる。

「条吉さんのようになりたい。町方の手先仕事をやりたいんです。旦那さん、おれを使ってくれませんか。おれ、今日、旦那さんの器量の大きさを見せつけられちまって……」

与茂七はなぜか涙ぐんだ。

伝次郎は盃を膝に置いて考えた。自分は奉行の筒井がやめれば、また船頭に戻ることになるかもしれない。しかし、与茂七が真剣に望むなら、その道をつけてやることはできる。人をほしがっている与力や同心もいる。

「旦那さん、お願いします。おれを使ってください」

伝次郎は必死に頼み込む与茂七を短く眺めた。

「贅沢はできないぞ」

「そんなこたァどうでもいいんです」

「本気で言っているのだな」

「もちろんです」

「そこまでおまえが考えて、肚を括ったのなら……わかった。それにおまえには礼を言わなければならぬ」

「へっ……」

「今日、おまえは蔵に閉じ込められていたおれを助けてくれた。それから一ノ瀬と戦っているときも、おまえの声がおれを助けた。あのとき一ノ瀬に隙ができたのだ。だからおれはやつを倒すことができた。おまえはおれの命の恩人でもある」

「はあ、そんな」

「おまえの話はわかった」

「それじゃ、呑んでくれるんですね」

「明日、お奉行に此度の一件をお伝えしなければならぬ。いっしょについてまいれ」

その言葉を受けた与茂七の顔が、ぱあっとあかるくなった。

「さあ、やろう」

伝次郎が酒を勧めると、与茂七は嬉々《きき》とした顔で酌を受けた。

「そうだ、千草。例のこと、そろそろ本気で考えたらどうだ」

「そうしようと思っています」

「なんです？　例のことって？」

与茂七が伝次郎と千草を交互に見る。

「いずれわかりますよ。今夜はわたしもいただいちゃおうかしら。与茂七、お酌をしてくれますか？」

「はい、はい。喜んで」

剽軽《ひょうきん》に応じた与茂七を見て伝次郎が笑えば、千草もくすっと笑った。すると、与茂七も嬉しそうに笑った。

楽しい夕餉のはじまりだった。

光文社文庫

文庫書下ろし／長編時代小説
謹《きん》　慎《しん》　隠《おん》密《みつ》船《せん》頭《どう》（三）
著　者　稲《いな》　葉《ば》　稔《みのる》

2019年9月20日　初版1刷発行

発行者　鈴　木　広　和
印　刷　新　藤　慶　昌　堂
製　本　ナショナル製本

発行所　株式会社　光　文　社
〒112-8011　東京都文京区音羽1-16-6
電話（03）5395-8149　編　集　部
8116　書籍販売部
8125　業　務　部

ISBN978-4-334-77913-9　Printed in Japan

組版　萩原印刷